KEITAI
SHOUSETSU
BUNKO
野いちご SINCE 2009

この想いが届かなくても、君だけを好きでいさせて。

朝比奈希夜

JN180021

○ STARTS
スターツ出版株式会社

ねぇ。私たちは今日も笑うよ。
君との約束を守るために。

contents。

第1章

淡(あわ)い恋心(こいごころ) … 8

発覚 … 30

激しい動揺(どうよう) … 63

第2章

切ない告白 … 80

3人の関係 … 136

暴走する気持ち … 151

忍(しの)びよる命の期限 … 178

第 3 章

悲しい願い	202
果たされた約束	228
最後の伝言	244

| あとがき | 266 |

第1章

淡(あわ)い恋(こい)心(ごころ)

「わっ、時間ギリギリ！」

梅雨の合間の強い日差しが降りそそぐ朝。

髪(かみ)形(がた)が決まらなくて洗面台の前でもたもたしていたら、もう家を出る時間になっている。

昨日、雑誌で『ゆるふわ大人のみつ編み』なんていう特集を読んで、せっかく胸までの長さがあるんだからと真似したくなった。

どうやら結んだあとにわざと毛束を引っぱり出してゆるく仕上げるらしいけど、もともとストレートのせいか、何度やりなおしてもほどよいふわふわ感が出ず、"失敗したみつ編み"になってしまう。

「里(り)穂(ほ)、俊(しゅん)介(すけ)くん呼んでる」

リビングから母の声。

「わかってる。行ってきます！」

呼びに来た関(せき)戸(ど)俊介は、私・西(にし)崎(ざき)里穂の幼なじみ。生まれたときから隣(となり)に住んでいる同級生だ。しかも、成績も常に同じくらいで、同じ高校に入学してもうすぐ３カ月。今年にいたっては同じクラスという、驚(おどろ)くような偶(ぐう)然(ぜん)続き。

彼(かれ)は小学５年生から陸上部に入り、短(たん)距(きょ)離(り)が専門のスプリンター。毎日毎日厳しい練習に耐(た)えているので、腹筋はチョコレートみたいに割れている。私の前で恥ずかしげもなく着(き)替(が)えるから知っているわけだけど……。

ほんの少し茶色がかった髪はサラサラ。前髪は長めでさわやかさ全開。身長が180センチ近くあるのに加え、鼻筋は通っているし、アーモンド形の目もパッチリしていて、いつも女子の視線を一身に浴びている王子さま的存在だ。
　だけど、ずっと一緒に成長してきた私は、彼が泣き虫だったことを知っている。幼稚園の頃までは虫が苦手で、毛虫を見るだけでよく泣いていた。いまではそんなおもかげすらなく女子からキャーキャー言われているんだから、たいした変身ぶり。
　彼とはいつも一緒に電車通学していて、遅い私を急かしに来たんだろう。
「お待たせ！」
「なんだその髪形」
　私の顔を見た俊介は顔をしかめ、せっかく結んだゴムをするっと解いてしまう。
「えー、がんばったのに！」
　口を尖らせると、彼は私の髪に指を入れ一瞬でみつ編みをなかったことにした。
「里穂、シャンプー変えた？」
「えっ？」
　彼は私の髪をひと束すくい、鼻の近くに持っていく。
　なに、してるの？
　突然のことに驚き、心臓がバクバクと音を立て始める。
　泣き虫俊介はとっくに鳴りをひそめ、いまは王子さまなんだから、こんなことをされたらドキドキもするでしょ、

そりゃ。
「なに使ってる？　俺も気に入ったからこれにするわ。商品名教えろ」
「お、お母さんに聞いてよ」
　本当は、ドラッグストアで香りの見本が気に入り自分で買ったのでわかっているけど、なんとなく照れくさくて言えない。
　だって同じにおいなんて……。
「帰りにボトル見せろよ。それより、里穂はせっかく髪がサラサラなんだから余計なことすんな。これで十分だ」
　本気で同じシャンプーを買うつもりなのかな。
　いや、それより……。もしかして私の髪を褒めた？
　彼が私を褒めることなんてまずないので、目をパチパチして固まった。
「なにボサーッとしてる。稔が怒るぞ」
「あっ、待ってよ！」
　長い脚をスタスタと前に進める俊介には、小走りにならないと追いつけない。
　毎朝の登校は、もうひとり、近所に住んでいる糸井稔も一緒。彼の家は私たちの家から駅の方向へ5分ほど歩いたところにある。
　稔は小学4年生で転校してきた。俊介と同じように足が速く、5年生のときに陸上部に一緒に入部してがんばってきた仲間。稔はハードルを専門としている。
　背は俊介より5センチほど低いけど、すらっとした長い

手足を持っている。少しくせのある髪をうまくまとめていて、目はたれ目気味ではあるが大きく、俊介に劣らないイケメンぶり。

今年はクラスはちがうけど彼も同じ高校に通っていて、長い時間をともにしてきた幼なじみ。

私はふたりの影響で、いまは陸上部のマネージャーをしている。といっても新米も新米。毎日右往左往しているというのに、ふたりはもう先輩たちから一目を置かれるような存在になっている。

「遅いぞ」

稔は家の前で待ちかまえていた。

「悪い。コイツが寝坊しやがった」
「寝坊なんてしてないから！」

俊介の嘘に反論したけれど、ふたりは気にすることもなく歩き始める。

ねぇねぇ、なんか反応してよ。

「なぁ、今日の練習メニュー見た？」
「うん。ずっとランニングって、一番つらいやつじゃん」

稔の問いかけに、俊介がため息をついている。延々とするランニングは入部してからいままでにも数回あった。でも、顔をしかめているわりにふたりはいつも先頭集団で部を引っぱっていた。

身体能力が高いのに加え、根性も一流。そんなふたりは私の自慢だ。

だけど！

「ねぇ、ここにかわいい女の子がいるんですけど、無視ですか？」
「えっ、どこどこ？」
「ここ！」

　大げさにキョロキョロしてみせる俊介に自分を指さしアピールするも「小さくて見えなかった、ごめんごめん」と棒読みされる始末。

　もう、冷たいんだから！

　たしかに身長が155センチしかない私。ふたりのまわりをうろちょろしている小学生みたいというのは認めるけれど、だからこそ"大人"のみつ編みにチャレンジしたのに、解いたのは俊介でしょ？　まあ、ちっとも雑誌通りにはならなかったんだけど。

　ふたりと釣りあうくらいにはなりたいのに。
「あぁ、かわいい女の子発見。ごめん、里穂は真ん中ね」

　一方稔は私に話を合わせ、手を引いてふたりの間に入れてくれる。
「稔は優しいねー」

　俊介にこれみよがしに告げると、彼はプイッと顔を背けて再び歩きだす。

　なによ！

　俊介はいつもこう。でも、荷物が重いときにさりげなく手を貸してくれたり、部活のあと私がヘトヘトでふたりの歩くスピードについていけないときに立ちどまって待ってくれるのは、俊介のほう。

「そういえば稔。昨日転んだところ、大丈夫だった？」
　マネージャーの私が聞くべきなのに、俊介に先を越された。
　稔は昨日のハードルの練習でめずらしく何度も足を引っかけ、練習の最後のほうには派手に転んでしまった。
　しかもそのときはハードルを跳び終えたあとの直線での転倒で、そんなことは初めてだったので驚いた。
「あぁ、膝をすりむいただけだよ。うーん、ちょっと足に違和感があって。まあ、疲れてるんだろうね」
　たしかに毎日厳しいトレーニングの連続なので、筋肉も疲労してくる。足がつってしまう選手もいる。
「少し休んだら？　それとも病院行く？」
　私が尋ねると彼は首を横に振る。
「平気だよ。もし今日走ってみておかしかったら考える」
「わかった。無理しないでね」
　そう声をかけると、彼はにっこり笑ってうなずいた。
　学校までは電車で35分。このあたりでは一番乗客が多い路線のため、いつも満員。小さくて人の壁に囲まれてしまう私には苦痛の時間だ。
「チビはこっち」
　しかし電車に乗りこむとすぐ俊介が私の手を引き、ドアの横についている手すりにつかまらせた。つり革につかまるのも大変だと知っているからだろう。
　でも『チビ』はないでしょう？
　頬をわざとらしくふくらませ怒りをアピールしても、俊

介は素知らぬ顔。だけど、ほかの乗客から守るように私の前に立ち、隣に立った稔と話を始める。

　俊介はツンツンしているくせして本当は優しい。

　その優しさを前面に押し出したらいいのにと思うこともあるけれど、私だって彼に優しくしているわけじゃない。長い付き合いのせいでなんとなく照れくさい。だから、俊介ももしかしてそうなのかな？なんて勝手に思っている。

　今日は私が少し遅れたせいで、いつもより混雑している。おまけに、近くにタバコのにおいをプンプンさせたサラリーマンがいたので、気分が悪くなってきた。

　俊介がずっと壁になっていたけれど、さすがににおいまでシャットアウトはできない。

「はぁ、気持ち悪い……」

　学校近くの駅のホームに降りた瞬間ポツリと小さな声でもらすと、俊介が私の背に手をあててさすってくれる。

　これは小さな頃からの習慣だ。どちらかが咳きこんだりしたときは、必ず背中をさすって慰めていた。

　だけど、小さい頃とはちがう。こんなふうに触れられるとドキッとする。

「里穂、平気？」

　一方稔は、顔をのぞきこんでくる。

「うん」

　照れくさくて頬が赤く染まっていないか気になりながらも返事をした。

　大丈夫だと伝えたのに、俊介は私の背中を押し、同じ高

校の生徒がなだれこむ混雑した出口とは別の出口を目指して歩きだす。
「どこ行くの？」
こっちから出たら歩道橋を渡らないといけないので大まわりになるけど。
「あっちは人が多いから」
もしかして気分が悪くなった私を気づかって、人ごみから離そうとしているの？
「でも……」
「口ごたえするな。足腰のへなちょこなマネを鍛えあげてやるんだ」
俊介はイジワルな笑みを浮かべる。だけどやっぱり、私のためだ。
「里穂、カバン貸してみ？」
「いいよ」
今度は稔が遠慮する私のカバンを持とうとするので首を振る。
「俊介にリードされてばかりではつまんないし」
「ん？」
どういう意味だろう。
稔の放った言葉に、俊介が一瞬顔をしかめる。
でも、すぐにいつもの表情に戻った。
ふたりに抱えられるようにして歩道橋の階段をゆっくりと上がる。
まるで重病人のようにふたりから優しくされて、涙が出

そうだ。
　階段を上りきり少し空が近くなったところで、俊介が足を止めた。
「平気？」
「うん。情けないね。毎日通学してるのに酔うとか」
「里穂は見かけとはちがってデリケートだから、仕方ないんじゃない」
　俊介の発言に目を見張る。
　私のこと『デリケート』って言った？
『デリカシーがない』の言いまちがいじゃなくて？
「『見かけとはちがって』ってどういう意味⁉」
　うれしかったのに照れくさくて、そんな言い方になる。
「元気そうだ」
「あ……」
　俊介に突っこまれて気がついた。電車を降りてから急激によくなっている。
　やっぱりあのにおいがダメだったみたい。
「ホントだ。よかった」
　稔も安堵の声。
「ごめん、ありがと」
「俺たちがお前の世話を焼くのはあたり前なんだから、『ごめん』はいらない」
　ただ近所に住んでいるだけなのに、どうして『あたり前』なのかはわからない。でも、俊介のその発言は胸にじーんときた。

大切にしてもらえていると感じたから。
「そ。余計な心配はいらないよ。俺たちもいつも助けてもらってるんだし」
　稔が続くけど、なにを助けているというんだろう。
　まったく心あたりがない。
「私、なんかしてる？」
「んー、そうだなぁ。俺たちが陸上に打ちこんでいい成績を残したいと思うのは、なんでだと思う？」
　稔の質問に首をかしげる。
「いい成績を取るとうれしいからじゃないの？」
　私が返すと、俊介が小さくふき出したあと口を開く。
「そうそう。うれしいからだ」
　俊介は私の頭をくしゃっとなでてから歩き始めた。ゆっくりと、私を待つように。
　あれ、ちがった？
「稔、カバンありがとう」
「今日はお嬢様待遇してあげるよ。ほら、行くよ」
　カバンを受けとろうとしたのに拒否されて、私はふたりの心づかいに感謝しながら学校へと向かった。

　校門をくぐると大きなふたりに挟まって歩く私に、チラチラと視線が降りそそぐ。もう慣れっこではあるけれど『どうしてあんなかわいくもない女子が、一緒に歩いてるの？』という心の声が聞こえてくる。
　というのもふたりは、その容姿と陸上の記録からあっと

いう間に有名になり、女子生徒から何度も告白されているから。まだ入学して3カ月だというのに、モテ男はすごい。
　そんな彼らの間に挟まれた私はといえば、そのあたりに転がっている普通の女子高生。特別なものはなにひとつ持っていない。
　そんな私が、幼なじみだというだけで一緒に登校しているのを快く思っていない人はたくさんいる。
「さて、朝練行くか。朝の練習メニュー、なんだっけ？」
「えっと……。筋トレだね」
　私がメニュー表を確認して告げると、質問してきた俊介の眉がへの字に曲がる。
「マジか。午後練マラソンなのに？」
　たしかにつらい練習ばかりだけど、そうは言ってもあっさりやってのけるにちがいない。
　そういうところがカッコいい。
「俺、もう少し脚に筋肉つけないとなぁ」
　稔がつぶやくけれど、鍛えられた彼らの太ももはもうすでにカチカチだ。
「またあの子。身のほど知らずよね。あのふたりに釣りあうわけないのに。身を引きなさいよ。ずうずうしい」
　そのとき、私のことを中傷しているとわかる女子生徒の声が聞こえてきた。
　すると、顔をこわばらせてスッと視線を向けたのは稔。
　一方俊介はその女子のところに向かっていく。
「ちょっ、俊……」

なにするつもり？
あわてて止めようとしたけど遅かった。
「残念だな。俺たちは心の汚いヤツには興味ないんだよね」
俊介……。私をかばってくれようとしているの？
胸が熱くなる。
彼はそう口にしながらも、不敵な笑みを浮かべている。威圧感が半端なく、女子生徒はなにも言えずに走りさっていく。
「さて、練習遅れる」
平然とした顔に戻った俊介は、部室に向かって足を進める。稔もそのあとに続いた。
やっぱり、私がいると迷惑だよね。
「なんかごめんね。私、別々に登校してもいいよ？」
ふたりの後ろ姿にそう声をかけると、俊介が振りむきあきれ顔を見せる。
「いいから。余計なことは気にすんな」
「……はい」
なぜか敬語になるのは、さっきの俊介がとてつもなく大人に見えたから。
「里穂。困ったことがあれば俺か俊介に言って。俺たちのせいで里穂が傷つくのは腹が立つから。でも、一緒に登校できなくなるのもイヤだな」
そして、稔のいたわりの言葉にうなずいた。
私だってふたりとの時間が楽しくてたまらないのに、手放したくなんてない。

私はその優しさに感謝して、笑顔を作った。

　部活を終えて帰宅の時間。私たちはいつも通り、自宅の最寄り駅から3人で肩を並べて歩いていた。
「今日はさすがにヤバい。足がプルプル震えてる。明日、筋肉痛かも」
　かなりきつめの練習メニューをこなした俊介が、太ももをパンパンと叩きながらつぶやく。
「俺、長距離のタイム振るわなかったな」
　そうつぶやく稔は、たしかにいつもより3分くらい遅かった。
「朝の筋トレがひびいてるんだって。全滅だったじゃん」
　先輩たちも軒並み遅れてきたので俊介はそんなふうに励ますけれど、彼はいつも通りのタイムで戻ってきたのがあっぱれだ。
「それじゃ、また明日」
「稔、マッサージしといてね」
　彼の家の前で伝えると、「ありがと」とにっこり笑った稔は家に入っていった。
「俊介、すごくがんばってたね」
　ふたりきりになり彼を褒めてみたりして。
　学校の周囲を5キロ走る長距離走は、ふたりのような短距離の選手にはかなりつらい練習のはず。朝の練習もきつかったからか、学校に戻ってきてから歩きだした先輩も多かったのに、歯を食いしばり最後のグラウンドの周回まで

全力を尽くしていた。

　練習だからといって手を抜かない彼は、本当にカッコいい。そんなことは照れくさくて面と向かって言えないんだけど。
「好きで陸上やってるんだし」
　そうだけど、普通はサラリと言えるもんじゃない。
　でも、彼は昔からそうだった。自分が決めたことはどんなに苦しくてもやりとおすという根性がある。
　高校受験と陸上と天秤にかけて陸上から離れていく友達がほとんどの中で、彼は『絶対に両立させる』と両親に宣言し、受験前日も練習していたというすごい人。そしてもちろん高校も合格を勝ちとった。
　稔はさすがに半年は受験に専念したのに。
「どうしてそんなに必死なの？　走りこみもきついでしょ？」
　私が率直な意見をぶつけると、彼はふと足を止める。
　な、なに？
「きついよ。けど、俺がタイムを伸ばすたび、キラキラした顔で喜んでくれるヤツがいるから」
　いつになく真剣な顔。
　それって、もしかして……私？
　悪態をつかれることには慣れているけど、こんなことを言われてもなんと返したらいいのかわからない。
「えっと……」
「なんてな」

彼は一転、クスクス笑いだした。

からかわれてる?

「もー、俊介は顔はいいのにそういうとこダメ」

「なんだ、俺のこと好きなの? 素直に言えばいいのに」

そう追及され、息が吸えなくなる。

好き、だから。世界中の誰より、俊介のことが好き。

小さな頃からいつも一緒で、陸上に真剣に打ちこむ姿や、なにかをやりとげる意志の強さに感心していた。

こうして私をからかっては遊ぶけど、今朝も嫌味な女子から守ったように、本当は優しいことも知っている。

幼稚園の頃、虫垂炎で母が入院してしまい夜にひとりで寝るのが怖くてたまらなかったときは、俊介が家に来て『僕がいるよ』と手を握って一緒に寝てくれた。私はいまでもあのぬくもりを覚えている。

さらには小学生の頃、私が運動会の徒競走で転んでしまったときに、自分が走る前にもかかわらず駆けよってきて、ゴールまで一緒に走ったこともあった。そのあと、自分もぶっちぎりで一位を取るというカッコよさ。

私はそんな彼の優しさに包まれながら育ってきた。

「『そういうとこダメ』って言わなかった? 都合のいいところだけ聞かないでよ」

焦りながら言い返してみたけど、鼓動が速まり息が苦しい。

「あはは。里穂、耳真っ赤」

指摘されてあわてて両手で耳を押さえると、彼は「プッ」

とふき出す。
　なんなのよ、もう！
　好きなんだからしょうがないじゃない。
　恥ずかしすぎて視線を合わせられず、私はさっさと歩きだした。
「怒んな」
「からかわれてばかりじゃ、怒るでしょ」
「好きな子にはイジワルしたいってやつかもしれないじゃん」
　俊介はサラッとそう口にするけれど、私は耳だけでなく全身が真っ赤になっているような気がして、顔をそむける。
『好きな子』だったらうれしいのに。
「ごめんって。な、宿題一緒にやろうぜ。朝、冷蔵庫にダブルシューがあるの見つけたし」
　彼が言う『ダブルシュー』とは、カスタードとホイップが両方入った大きなシュークリームで私の大好物。
　でも、食べ物で許してもらおうと？　私はそんなに単純じゃないんだから。
「知ーらない」
「俺のぶんもやるからさ。頼むよ。英語がピンチ」
「ふーん」
　本当は一緒にやりたいけど、悔しくて素直になれない。
「俺とお前の仲じゃん」
　ドキドキするから、軽々しくそんなことを言わないで。
　俊介は学校でも私を特別扱いする。だけどそれは、小さ

い頃からよく知っているから。私が彼に抱いている気持ちとは、きっとちがう。
「シュー、2個ね」
「よし、交渉成立！」
　彼はテンション高めに喜びながら笑みを浮かべた。
　いったん家に戻って、私服に着替えてから隣に向かう。しかし、関戸家のチャイムを鳴らしたものの応答がない。
　車がなくおばさんはいないようだけど、俊介は約束したばかりだからいるはずなのに、どうして？
「俊介、私」
　一応インターホンに向かって話してみたけど、玄関が開くことはない。
「寝ちゃった？」
　まさかねぇ。
　仕方なくポケットからスマホを取り出したのと同時に、鍵がガチャッと音を立て、ドアが開いた。
　するとそこには上半身裸の俊介がいたので、私は不自然なほどに顔をそむけた。
「な、なんて格好……」
「悪い、シャワー浴びてて。汗くさいのイヤだろ？」
　それにしたって、Tシャツくらい着てから出てきてよ。一緒に寝た幼稚園の頃とはちがうんだから。
「イ、イヤだけど」
「もしかして、照れてる？」
「そんなことない」

部活をやっていて汗だくになると、外でTシャツを着替えることもあるような人だから見慣れているはずなのに、どうしてだか恥ずかしくてたまらない。
　髪からしたたる水滴(すいてき)が妙(みょう)に色っぽいからなのか、さっきから彼を意識してしまうような発言を連発されているからなのか……。
「とにかく入って。先に２階行ってて」
　そう言い残して彼が中に引っこんでいったので、私は一目散に俊介の部屋を目指した。
　もう来慣れた部屋は、全体的にブラウンで統一されていてとてもおしゃれだ。昔はブルー系でそろえられていたんだけど。
　本棚(ほんだな)の上に大きな松ぼっくりが置かれている。小さな頃近所の神社で拾ったことを思い出したけど、まさかそれじゃないよね。
「お待たせ」
　黒いＶネックＴシャツを着た俊介が、お盆(ぼん)にジュースとシュークリームをのせて持ってきた。
「ありがと」
「それ、なつかしいだろ？　押し入れごそごそしてたら出てきたんだ」
　それじゃあ、やっぱりあのときの松ぼっくりなんだ。
「えー、捨てなかったの？」
「捨てるわけないじゃん。お前との大切な思い出なんだし」
　それを聞き、思わず頬がゆるむ。

あの楽しかった時間を、俊介が『大切』と言うのがうれしい。
「ほら、ダブルシュー」
「うん」
　彼が小さなテーブルに置いたので、私専用になっているクッションに座った。
　そういえば、あんなに告白されているのに、彼女がいたことがないのはどうしてだろう。もし彼女ができてこのクッションを使われたら、ショックかも。
「里穂？　どうかした？」
「ううん、なんでもない。いただきます」
　このシュークリームは上品にフォークで食べるのではなく、手で直接つかんで食べるのがミソ。クリームがたっぷりなので流れるように出てくる。
「相変わらず豪快にいくな。いい食べっぷり」
　クリームがこぼれないように大きな口でパクパクと食べていると、そう突っこまれ動きが止まる。
　好きな人の前なのに、はしたなかったかな。
「あれ、どうかした？」
「……ううん」
　シュークリームをお皿に戻すと、彼の手が伸びてきて私の口もとに触れるので、驚いてのけぞる。
「クリームついてる」
「あっ」
　彼に触れられたことは何度だってあるのに、鼓動が速ま

り落ちつきがなくなってしまう。
　でも、顔にクリームをつけているなんて、やっぱり女子としては失格なのかも。
　そんなことを考えて落ちこんだ。
　これじゃあ、女の子として意識してもらえる日が来そうにないもの。
「続き、食えば？　クリーム垂れるぞ」
「うん……」
「もしかして『豪快』なんて言ったから、気にしてる？」
　彼は私の心を読むのがうまくてときどき困る。
　なにも言い返せずにうつむいた。
「褒め言葉なんだけどな」
「褒め言葉？」
「そ。里穂がうまそうに食ってるところ、結構好きだから」
『好き』という単語が飛び出し、いっそう心臓が暴れだす。
食べている姿がであって、"私が"ではないのに。
「で、でも……。男子って、もっと女の子らしい感じが好きでしょ？」
「男子でくくるな。たしかにそういうヤツは多いけど俺はちがうし、俺は好きな女がタイプだから」
　俊介がまばたきをすることもなく私を見つめながらそんな告白をするので、息がうまく吸えなくなる。
　まるで『お前のこと』と言われたかのような錯覚を感じたからだ。だけどすぐに、なんて都合のいい解釈なんだろうと自分であきれる。

そんなわけ、ないのに。数々の美人の先輩やかわいい同級生を振った俊介が、私なんかで満足するわけがない。
　きっと、妹のようにかわいがっているだけ。
「里穂は？」
「はっ？」
「お前の好きなタイプを聞いてんの」
　私？　タイプもなにも、俊介が好きなのに。
「私、は……」
　なんと答えたらいい？　俊介に告白する勇気なんてないし、告白したところで『ごめん』と言われるのが目に見えている。
　それなら、妹的立場でもそばにいたい。
「タイプない？　それじゃあズバリ、好きな男は？」
「い、いないよ、そんな」
　そんなに追いつめないで。
　やっとのことで吐き出すと、俊介の目が大きく開いた。
「そっか。いないのか……。それなら、俺にしとく？」
「え……」
　そんな発言に驚きすぎて彼を見つめると、視線がそらせなくなり、ドキドキが止まらない。
　てっきりいつものからかいかと思ったのに、彼の表情は真剣で、告白されているみたい。
「なーんて。俺ならシュークリームを大口で食っても叱られないぞ」
　やっと酸素が肺に入ってきた。やっぱり冗談だったんだ。

そう思ったけれど、なんとなく顔が赤い？
　えっ、まさか本気？
「俊介？」
「なに見てんだよ。いいから食え。食わないなら俺が食うぞ」
　彼は私の前に置かれたシュークリームをさっと奪う。
　めずらしく落ち着きのない俊介の様子にびっくり。
　それと同時に、胸の高鳴りは最高潮に達する。
　俊介が私のことを？　そんなはずはないよね……。
「ちょっ……。ふたつっていう約束じゃん」
　私は動揺を隠したくてふてくされてみせる。
「太るぞ」
　すると、いつまで経っても私と視線を合わせようとしない俊介がグサッと刺さるひと言をつぶやく。
　だけど、やっぱり耳が真っ赤だ。
「太らないもん。でも、かわいそうだからひとつあげる」
　妙に恥ずかしくなってそう伝えると、彼は「それじゃあ遠慮なく」とパクッとひと口。
　半信半疑で胸がいっぱいな私も、キョロキョロと視線を泳がせながらもう一度シュークリームに手を伸ばした。

発覚

　そんなことがあってから3日。昨日の土曜も部活のあとに俊介の家へ宿題をやりに行ったけど、恋愛(れんあい)の話にはならなくてホッとしていた。

　ただ、いままで以上に彼のことが気になっているのは自覚している。だって、あんな意味深なことを言うんだもん。

　その日の練習は再び長距離走で、同じ1年生で一緒にマネージャーをしている川島多香美(かわしまたかみ)と一緒に、5キロの練習を終えた選手に飲み物を手渡しつつ、ねぎらって歩いた。
「お疲れさまです。いつもよりタイム速かったですね。さすがです」

　先輩に声をかけると「サンキュ」と笑顔を見せる。

　私たちは選手のモチベーションを上げるのも仕事だ。

　俊介は快調にマラソンをこなし、長距離の選手に交ざって先頭集団で練習を終えた。
「俊介、お疲れ。がんばったね」

　力を出しきって座りこんでいた彼にスポーツ飲料を手渡すと、すぐに喉(のど)にごくごくと送っている。

　目の前で動く大きな喉仏に視線が釘(くぎ)づけになっていると、彼は自分のTシャツの裾(すそ)をまくりあげ、したたる汗をそれでぬぐった。そのとき、腹筋がばっちり見えて鼓動が勝手に速まっていく。

　少しは、遠慮しなさいよ！　ドキドキしちゃうじゃない。

俊介と一緒にシュークリームを食べたあの日から、ちょっとしたことで感情が大きく揺れる。
『俺にしとく?』と聞かれたとき、『うん』と答えていたらどうなっていたんだろうなんて、考えてしまうから。
「はー、生き返った。なぁ、めずらしく稔がいなかったんだけど」
　彼の言う通り、いつも俊介の少しあとにゴールする稔の姿が見えてこない。
「どうしたんだろ。足の調子が悪いのかな……。私、ちょっと見てくる」
　最近、転ぶことが多いので胸騒ぎがする。
　私は自転車に乗って、マラソンルートを逆からたどり始めた。
　学校の周辺を走る道のりは約５キロ。先頭の長距離選手は22分で戻ってきて、俊介は26分だった。先日は少し遅れ気味だった稔もいつもは30分以内には戻ってくるんだけど、少しさかのぼっても姿が見えない。
「西崎!」
　そのとき２年生の先輩が向かいからやってきて私を呼んでいる。
「はい」
「糸井が調子悪そうで歩いてる。サポートしてやって」
　やっぱり……。
「わかりました。先輩もう少しです」
　私は先を急いだ。するとあと２キロほどのところを、顔

をしかめて歩いている稔が視界に飛びこんできた。
「どうしたの？　体調悪い？」
「急に足もとがふらついて……。でも大丈夫」
　稔は『大丈夫』と口にするけど、顔色が真っ青だ。
「乗って」
「いや、俺を乗せたらこげないって」
　そうは言っても、放っておけるわけがない。
「いいから。これはマネージャー命令！」
　彼は首を振っていたけれど、そう急かすとしぶしぶ乗った。
　意気込んで必死に自転車をこぐが、学校を目の前にしてゆるやかな坂道が私を苦しめる。
　これは想像以上にきつい……かも。
　でもそんなことは言っていられない。
「里穂、降りるよ」
「まだいける！」
　とはいえ、もう足がガクガク。
　あぁっ、もっと鍛えておくんだった。
「里穂！」
　そのとき、向かいから俊介が走ってきた。5キロ全力で走ったばかりなのに、すごい体力。
　私が自転車を止めると稔は下りたけれど、立っていられないのかフラッと倒れこんだ。
「稔！　どうした？」
　駆けよってきた俊介がすぐに稔を支える。

「ちょっと変で……。やっぱり疲れかな」
「無理しすぎだ。里穂、自転車借りる」
「うん、お願い」
　私は俊介にあとをたくしてふたりを見送った。

　グラウンドに戻るとふたりが保健室に行ったあとで、私もすぐに向かう。
「稔！」
「貧血かなぁ。ちょっと足もとがふらついてるわね。いま、家の人に電話をしたから、すぐに迎えに来てもらえるわ」
　吹奏楽部の副顧問で、今日も学校に来ていた養護教諭の言葉に、ホッとする。
　彼が貧血なんて初めてだけど、それだけ練習に熱を上げていた証拠だろう。
　最近の不調も貧血のせいだったのかもしれない。
「俊介、里穂、ごめんね」
　ベッドに横になったままの稔がお礼を口にするので首を振る。
　こんなときにまで、私たちに気を使わなくていいのに。
「いつもは稔が助けてくれるじゃない。私たちが稔を助けるのもあたり前なんだから」
　そう口にすると、彼は口もとをゆるめてうなずく。でも、顔色がどんどん悪化しているように思える。
　心配でたまらなかったけど保健室の先生が帰るように促すので、その日は俊介とふたりで帰宅することにした。

電車の車内ではいつもくだらない話をするのに、稔のことが心配で押しだまり、うつむいていた。
　貧血かもしれないと聞きいったんは安心したが、大切な人が倒れて平気でいられるわけがない。胸が押しつぶされるように苦しい。
　隣に座った俊介はそんな私を見て頭をポンと軽く叩いたけれど、彼もまた心配そうな表情を浮かべたままなにも言わない。
　駅を出て家まで10分。稔の家の前を通ると、いつも停めてある白い車がない。
　おばさんが迎えに行ったんだろう。
　同じようにそのことに気づいた俊介は、不意に私の手首をつかみ、すごい勢いで歩きだす。そして、昔よく遊んでいた公園へ向かった。
　幼い頃は、俊介とふたりでよくかくれんぼをしていた。狭い公園なので隠れるところなんて限られていてすぐに見つかるのに、私たちはそれが楽しくてたまらなかった。俊介とふたりなら、なんでも楽しかった。
　稔が転校してきたあとは、よくここで俊介と稔がかけっこをしていた。たった10メートルほどの距離を、私の『よーい、どん！』というかけ声に合わせて走った。いまでも、あの遊びのおかげでふたりともスタートの反応速度が抜群なんて話になる。
「俊介？」
　なにも言うことなく私を引っぱった彼は、滑り台の前で

足を止め、私に真剣な視線を送る。
「稔は大丈夫」
「……うん」
「里穂は昔からそうだ。不安なときは黙る」
　そうだっけ。そんな自覚はない。
　けれど、保健室で別れたときの稔の顔面蒼白の表情が頭から離れない。あんな稔を見たのは初めてだ。彼は必死に笑顔を作っていたが、それが痛々しくてたまらなかった。
「だって、俊介も見たでしょう？　稔、すごく調子が悪そうだった……」
　私を励ます俊介だけど、彼だってその表情は曇りっぱなし。妙な胸騒ぎを感じているのは私だけではないはずだ。
「稔は昔から無理するところがあるだろ？　アイツ、長距離得意じゃないのに、いつも踏んばって」
　私はうなずいた。
　ふたりとも短距離が得意で、長距離は決して速くない。100メートル走のタイムは俊介のほうが速いけれど、稔は器用なのでハードルの道を選び、よい成績を残している。
「神様が『飛ばしすぎだ。ちょっと休め』って言ってるんだ。里穂がそんな沈んだ顔してたら、稔はゆっくり休めないだろ？」
　私を諭すように話す俊介は、頬をゆるめてみせる。
「そう、だよね」
「おぉ」
　俊介は私の頭に手を置き、「よしよし」と言いながらう

なずく。
「子ども扱いはやめてよ」
　口を尖らせ怒ったフリをすると、彼はクスッと笑う。
「小さいから仕方ない」
「中身は俊介より大人だもんね」
「どうだか」
　本当はちっとも大人なんかじゃないとわかってる。
　親友が倒れてこれほど動揺している私は、俊介みたいに冷静にはなれないし。
　それから俊介と一緒に家に向かった。玄関の前で別れようとすると、彼が私をじっと見つめているのに気がついた。
「どうかした？」
「里穂。不安なことは全部俺に話せ。必ず守るから」
「えっ……」
　心臓がドクンと跳ねる。
　どうしたの、いきなり？
　いつもはそんなことを言う人じゃないでしょ。
「聞こえなかったのか。耳掃除しとけ。それじゃ」
　彼は照れかくしなのか、いつものような悪態をついてからさっさと家の中に入っていった。
「守るから……」
　俊介に言われた言葉を繰り返す。
　そういえば小学生の頃は、私が泣くと彼はいつも『よしよし』と頭をなでてくれたっけ。
　もしかして稔のことが心配で泣きそうだった私に気づい

て、ああしたのかな。
　わざわざ公園まで足を運んだのは、『いままでだって大丈夫だっただろ？』と言いたかったのかも。
　彼が入った関戸家の玄関のドアをボーッと見つめ、そんなことを考えていた。

　稔から連絡(れんらく)が入ったのは、翌朝のことだった。
　スマホアプリの中に作った３人専用のメッセージボックスに、メッセージが届いた。
《昨日は心配かけてごめん。病院に行ったけど原因がわからなくて、とりあえず貧血ではなさそう。たぶん無茶しすぎて酸欠だったんだろうって。まだ少しふらつくから、今日は休む》
「よかった……」
　あの顔色の悪さにおびえていたけど、大事にはいたっていないようだ。
《そっか。ゆっくりしろよ。学校帰りに家寄る。見舞(みま)いになにがいい？》
　すぐに俊介のメッセージが入る。
《そうだなぁ。かわいい女の子》
「なに言ってるのよ……。元気じゃない」
　稔の返事に思わずつぶやく。
《じゃ、まあ里穂でいいか》
「は？」
《私でいいかって、失礼でしょ！》

反論すると、《かわいいって言ってんじゃん》と俊介。
《思ってないくせして！》
『妥協して』という言葉が見え隠れしてるでしょ？　そのくらいわかるんだから。
《メッセージでまでケンカするなよ。世話が焼けるな》
　すると稔のあきれたひと言。
《すみません……》
《謝るなら許してやる》
　素直に謝ったのに、俊介の余計なひと言にどうしたって口が尖る。
　私は稔に謝ったんだから！
　２階の自分の部屋のカーテンを開けると、ちょうど向かいにある俊介の部屋のカーテンも開いていた。そして、私に気づいた俊介がクスッと笑う。
　だけど次に稔が、冷めた表情のウサギが『はいはい』と言っているスタンプを打ってきたのでふき出した。
　なんだか私たち、いつもこんな感じよねと思ったから。俊介も、稔がなだめるのをわかっていて悪態をついているような気もするし。
　って、考えすぎか。
　だけど、稔が元気そうでよかった。
　ホッと胸をなでおろし、朝食を食べにリビングに向かった。

　その日の帰り。私は俊介と一緒に稔の家に向かった。

いつもはパートに出ているおばさんだけど、今日は心配で仕事を休んでいるらしい。私たちが行くと、笑顔で出迎えてくれた。
「昨日も助けてもらったんだって？　ありがとう。なんだか歩くとふらつくみたいで。でも、原因がはっきりしないのよ」
　おばさんは眉をひそめる。
「そうですか……」
　ほぼ１日経ったのにふらつくなんて、酸欠じゃないじゃない。
　おばさんに相づちを打ちながら、俊介の顔をチラッと見上げる。すると彼も同じように感じたのか、一瞬顔をしかめた。
「来週、大きな病院に検査の予約を入れてもらったから、それまではとりあえず家で療養ね」
「それじゃあ、ときどき顔出します」
　俊介は笑顔を作る。こういうところは私より大人だ。
　私は心配で笑えない。
　不安なのは稔とおばさんのほうだとわかっているのに。
　それから２階の稔の部屋に上げてもらった。
「よぉ、少しは元気になった？」
　部屋に入るやいなや、テンション高めにそう言う俊介は、暗くならないようにしているんだろう。だから私もそうした。誰だって調子が悪いときは気分がふさぐもの。
「稔。プリン買ってきたよー。今日はちょっと奮発して、

駅前のケーキ屋さんの。コンビニのじゃないんだから！」
　ベッドに横たわる稔が、私たちのほうに顔を向けてかすかに微笑む。でも、少しも顔色が改善されていなくて息が止まりそうになった。
　つらいのは稔なんだから、私が動揺して不安がらせちゃいけない。
　自分にそう言いきかせて、もう一度笑顔を作り直す。
「悪いね。ちょうど腹が減ってたんだ」
　よかった。食欲はあるんだ。
　私がベッドの横に座ると、稔はゆっくり起きあがろうとした。
「え……」
　でも、よく見ると様子がおかしい。
　彼の右目の黒目部分が鼻のほうに極端に寄っていた。
　不安がらせちゃいけないと思ったばかりなのに驚愕のあまり固まっていると、私の手からスッとプリンを奪った俊介が、冷静にふたを開けている。
「これ、350円もするんだぞ。元気になったらなんかおごれよ」
「あはは。わかったよ」
　稔は笑っているが、目が戻ることはない。
　だけど、俊介がそれに気づきつつも普通に振るまっていることがわかったので、私もそうすることにした。
「私ね、あのケーキ屋さんのミルクレープが一番好き！」
　鼓動の速さを隠したまま、テンション高めの声で伝える。

「えっ、ミルクレープの請求? それって、プリンより高くない?」
　顔色は悪いけれど稔の受け答えはしっかりしていて、苦しそうというわけでもなく、ひと安心。
「じゃ、俺はなににしようかな」
　俊介ものってくるので、口角を上げた。
「お前たち、たかりって言うんだぞ、それ」
　稔はそう突っこんだあと、プリンを口に運んでいる。
「うまいなぁ。幸せだな」
　そりゃあいつもよりちょっと奮発はしたけど、そんなにしみじみと言われると妙にドキッとする。またいつだって食べられるのに、大げさだ。
「350円で幸せって、ずいぶん安い幸せだな」
「幸せに値段なんてないだろ。ふたりが来てくれてうれしかったよ」
　どうしたんだろう。稔は俊介とはちがって普段からものごしがやわらかい人ではあるけれど、いつになく感慨深い様子で話すので胸騒ぎが止まらない。
　まさか、病気がひどいわけじゃないよね……。
　そんなふうに考えてしまうのは、右目がいっこうに元に戻らないからというのもある。
「明日、次の試合の申しこみがあるんだってさ。110メートルハードルで申しこんでおくぞ。あっ、400も出る?」
「お前、俺が長距離苦手だと知ってて言ってるだろ」
「バレた?」

俊介と稔は顔を見合わせてクスクス笑っている。
「次の試合っていつの試合のことだっけ？」
「えーっと、８月の大会かな」
　今年のインターハイ予選は残念ながらふたりとも敗退している。でも、まだ１年生なんだから難しいことはわかっていたので落ちこんではいない。
　そんなことを考えていて、ふと気がついた。
　俊介は高校に入ってからタイムを伸ばしているのに、そういえば稔は少しも伸びていない。それどころかベストに遠く及(およ)ばないこともあるし、最近はハードルを倒す回数も増えているような。
　もちろんスポーツ選手には伸びなやむ時期がつきものなので、さほど気にしてなかったけど、まさか、ずっと体調が悪かったということはないよね……。
　ダメだ。稔の右目が心配で、よくないことばかり考えてしまう。
　大丈夫。マラソンはいつもそんなに遅くなかったし。
　心の中で自分に言いきかせるも、もしかして体調がよかったらもっと速いのかもしれないなんて少し不安が残る。
「そっか。出られるかな、俺」
　こんな弱気な稔を見たことがないので、緊張(きんちょう)が走る。
　成績が振るわないときも『次はベスト出す！』といつも前向きなのに。
　こんなに気落ちしているなんて、どうしたんだろう。

そんなに体調が悪いの？
「出られるに決まってるだろ。なに言ってんだ、お前」
　俊介が強めにたしなめると、稔は「そうだよな」とつぶやいた。
「ま、練習さぼれば知らないけどね。早く治して復活しろよ」
「おぉ、そうする」
　それからプリンを平らげた稔は、いいと言うのに帰る私たちを見送るらしい。
　だけど……。
　――ドタン！
　ベッドから立ちあがった瞬間に稔が倒れ、ガタガタとけいれんし始める。
　な、なに？　なにが起こってるの？　稔、どうしたの？
　目の前で起こっていることが信じられなくて、体が硬直して声も出ない。
　稔がどうなってしまうのかと恐怖のあまり動くことすらできない。
「里穂。救急車！」
「えっ……」
「スマホ持ってるだろ」
「あっ」
　震える手で私がスマホを操作している間に、俊介は部屋のドアを開け「おばさん！」と叫んでいる。
　なんとか"119"のボタンを押しつながったけれど、動転して頭が真っ白だ。

『——火事ですか？　救急ですか？』
「あ、あああのっ……」
「里穂、貸せ」
　焦りすぎて言葉が出てこない私を見かねた俊介が、代わりに電話に出て住所と状況を伝えている。
「稔？　どうしたの？　稔、起きて！」
　うつぶせで倒れたまま動かない稔の肩に手を置き声をかけても反応はない。
　2階に上がってきたおばさんは、稔の姿を見つけて目を丸くした。
「稔、どうしたの！　しっかりしなさい！」
「いま、救急車を呼びましたから」
　全身に鳥肌が立ち、怖くて怖くて呼吸が乱れてくる。
　俊介がいてくれてよかった。私だけだったらこんなに冷静に対処できない。
　おばさんが稔を仰向けにしようとしたが、それを俊介が止める。
「動かさないほうがいいかもしれません」
　おばさんは小さくうなずいているけれど、涙がポロポロとこぼれだす。それを見た私も、涙がにじんでくる。
　俊介は稔の口もとに耳を近づけ「息はしてる」とつぶやく。でも、横を向いたままの稔の顔は真っ白で血の気がない。
「稔……。稔！」
　稔の名を呼び続けるおばさんに、俊介は口を開く。

「おばさん、稔の目が変だったの、気づいてましたか？」
「目？」
「はい。右目の黒目が中心に寄っていて」
　俊介がそう告げたが、おばさんは首を振る。
「私が見たときは普通だった。でも少し前からなんでもないところでよく転んで……。この前も階段を５段くらい転げ落ちたから心配してたの」
　おばさんは泣き声交じりの声を振りしぼる。
　そういえば、ハードルもうまく跳べてない。
　そう思ったけれど、これ以上おばさんを動揺させたくなくて口をつぐんだ。
　まさか、階段から落ちたときの後遺症？　それとも、なにか別の原因があってよく転ぶようになったの？
　どっちかわからない。
「稔！　お願い、返事して！」
　大きな声で懇願するも、彼のけいれんは止まらない。
　そのとき、かすかに救急車のサイレンが聞こえてきて、「呼んできます」と俊介が出ていった。

　稔とおばさんを乗せた救急車を追いかけるように、俊介のお母さんに車を出してもらい市民病院に向かった。
　処置室の前で涙をこぼすおばさんの隣で、必死に涙をこらえる。
　私は励まさなくちゃ。
「おばさん、稔は大丈夫です。ずっと陸上で鍛えてきたん

だもん」
　私がそう信じたかったのかもしれない。
「そうですよ。きっとがんばりすぎて疲れが出たんです。そのうちケロッと治ります」
　俊介も私に続いた。
　しかし……処置室のドアがおもむろに開き、医師が出てきたかと思うと「ここでは治療できません。大学病院に転院します」と思いがけないことを口にする。
　そんなにひどいってこと？
　ショックで腰が抜けそうになったけど、俊介に支えられた。
　だけどそのあと、医師や看護師が深刻な顔をして走りまわっているのを見ているうちに緊張がピークに達したらしい。気を失ってしまい、気がつくとベッドに寝かされていた。
「里穂」
　俊介が心配そうに顔をのぞきこむ。
「稔！」
　ガバッと起きあがると、彼は私を抱きしめてトントンと背中を叩く。
「落ち着け。稔は大学病院に運ばれた。いくつか検査をするって」
「行かなくちゃ！」
「いま行っても会えないよ。おじさんが駆けつけてるはずだから、大丈夫」

そんなこと言ったって……。
　稔のことが心配でたまらない。
「俺たちが取りみだしたら、おばさんはもっと混乱する。だから連絡があるまで待とう」
　彼は淡々と言葉を吐き出してはいるけど、私の背中にまわした手が小刻みに震えている。
　俊介も怖いんだ。
　でも私がひどく動揺するから、必死に冷静を装っているにちがいない。
「そう、だね」
「帰れる？」
「……うん」
　壁にかかる時計を見ると、夜の9時。1時間くらい意識がなかったみたい。
　彼のお母さんもずっと待っていてくれたので、車に乗せてもらい帰ることにした。
　病院から15分。その間私たち3人はひと言も話さなかった。車内には、ただ重い空気が流れていた。
「おばさん、ありがとうございました」
　家に着いて俊介のお母さんに頭を下げると、眉間にシワを寄せながら首を振る。
「稔くん、きっと大丈夫よ。元気出してね、里穂ちゃん」
「……はい」
　そう信じたい。
「俊介、いろいろありがとう」

俊介にもお礼を言って家に帰ろうとすると「一緒に行く」とついてくる。10歩も歩けば我が家の玄関なのに。
　チャイムを鳴らすとすぐに母が飛び出してきた。俊介のお母さんが連絡を入れていたようで、母は深刻そうに眉をひそめて私を迎えいれる。
「おばさん、少しお邪魔(じゃま)していいですか？　里穂、ちょっと興奮気味で……」
　俊介が思いがけないことを言うので驚いたけど、ありがたいひと言だった。
　いま、ひとりになるのは怖くてたまらない。
「もちろんよ。さあ、どうぞ」
　私たちはそのまま２階の私の部屋に向かった。
　私がベッドを背もたれにして座ると、彼も隣にドサッと座る。これは小さい頃から決まった定位置だ。
「俊介、ホントにありがとう。俊介がいなかったら……」
　そんなことを口にしていると、稔が倒れた瞬間を思い出し、急に体が震え始めて歯がガタガタと音を立てる。
　なんでこんなことに……。
「そんなことはいい。里穂もよくがんばった」
　彼は私の肩を抱きよせる。
「稔、どうして……」
　いったい彼の体になにが起こっているんだろう。
「ずっと調子が悪かったのかも。稔の走りにキレがない気がしてた」
　そんなふうに思っていたんだ。

「タイムが伸びてなかったよね」
　涙声で私がつぶやくと、俊介はうなずく。
「もっと早く気づいてやるべきだった。俺が一番近くにいたのに」
「ううん。マネージャーなのに、気がつけな──」
　勝手に涙があふれてきてあとが続かない。
「里穂のせいなんかじゃない。大丈夫だ。稔はすぐに戻ってくる」
　俊介は自分にも言いきかせるようにつぶやき、私の背中に手をまわして強く抱きしめてくる。
「里穂はなんでも俺に吐き出せ。余計につらくなるから、ひとりで泣くな」
「俊介……」
「なんのために俺がいるんだ。お前が困れば俺が必ず助けるし、泣きたいときは胸くらい貸してやる」
　彼の発言に促されるように、涙があとからあとからあふれ出してきて止まらない。
　俊介だって不安にちがいない。怖くてたまらないはずだ。それでも、いまの私は彼にしかすがることができなくて、しがみついてしばらく涙を流した。
　俊介が帰ったのはそれから1時間ほどしてからだった。
　彼がいなくなった部屋はとたんに空気が冷たくなり、自分で自分の体を抱きしめる。
　するとスマホが震えた。見ると、俊介からのメッセージだった。

《つらくなったらすぐに連絡して》
《うん》

　返信しながらカーテンを開けると、俊介がこちらを見つめている。

《俺も里穂も待ってるぞ。早く治して復活しろよ。里穂はミルクレープ。俺はガトーショコラにする》

　そして次に、稔を含めた3人のグループメッセージに、俊介がそう書きこんだ。

　そうだよ、稔。ミルクレープおごってくれるんでしょ？

　いったんは泣きやんだはずなのに、また視界が曇ってくる。それでも私も手を動かした。

《稔。休んでいる間のノートは私に任せて。俊介のじゃ、字が汚くて読めないもんね》

　そのメッセージを読んだ俊介が、怒りの表情を浮かべて私をにらむ。だけど次の瞬間、口もとをゆるめてうなずいた。

　私たちが沈んでいる場合じゃない。全力で稔をサポートする。

　恐怖に震える自分を奮いたたせて、そう心に誓った。

　翌日。私たちは放課後の部活を休んで、大学病院へと向かった。

　病院までは電車を乗りついで45分。少し遠いけれど、稔に会えるならなんていうことはない。

　おばさんからはなんの連絡もない。もしかしたら家のほ

うに……と思って母に連絡をしてみたが、連絡は入っていない。それどころではないのかも。

　初めて訪れた大学病院は15階建ての大きな建物が丸ごと入院病棟らしい。その受付で稔の病室を尋ねる。
「糸井さんは8階にいらっしゃいますが、面会謝絶になってますね。せっかく来ていただきましたが、お見舞いはご遠慮いただいております」
「面会謝絶……」
　思いがけない事態に言葉が続かない。
　やっぱり、ひどいんだ。
「あの、ご家族がいらっしゃるかと。ご家族には会えますか？」
　すると俊介が機転をきかせて、病棟に問いあわせを入れてもらうことができた。
　それから待つこと10分。おじさんが下りてきた。
「俊介くん、里穂ちゃん。昨日は本当にありがとう。妻だけでは動転してなにもできなかったと思う」
　私たちに頭を下げるおじさんだけど、その目が真っ赤に腫れあがっていて、手にイヤな汗をかく。
　おじさんがこんなに泣くほど、稔の状態は悪いんだろうか。
「いえ。おじさん、稔は……」
　俊介が切り出すと「ちょっとこっちへ」と促され、病棟に設けられた待合室へと向かった。
　そこに設置されているいすに俊介と並んで座ると、おじ

さんが向かいに座り口を開く。
「稔の検査はまだ続いていて、正式な病名が出たわけではないんだけど」
　おじさんの口ぶりは重くて、緊張感が高まっていく。
「どうやら、脳腫瘍であることはまちがいないようなんだ」
「脳腫瘍……？」
　嘘。そんな……。だっておとといまで部活にも出ていたじゃない。そりゃあタイムは伸びていなかったかもしれないけれど、それでも速かったんだよ？
　体が勝手に震えだし、自分では抑えられなくなる。
　すると、それに気づいた俊介が手を握ってくれる。
「俊介くんが右目のことを教えてくれたんだって？」
「はい」
「それは内斜視と言うそうなんだけど、典型的な初期症状なんだとか。どうやら最近よく転んでいたのも、腫瘍のせいらしくて」
　そんな……。
　衝撃のあまり、うつむき唇をかみしめる。
　どうして稔が脳腫瘍なんかにならなくちゃいけないの？
「初期ってことは、治りますよね」
　俊介が質問するも、すぐに返事がない。恐る恐る顔を上げておじさんを見つめると、顔をゆがませ涙をこらえているのがわかった。
「詳しくはまだこれからだけど……。ＭＲＩの結果では、あまり思わしくない」

「思わしくないって？」

　大きな声が出てしまい、ハッと口を押さえる。

「脳幹という一番大切な部分に腫瘍があって、手術で取りのぞくことはできないって」

　それを聞いた瞬間、たちまち鼓動が速まり思考が止まる。すると、私の手を握り続ける俊介の手に力がこもった。

「腫瘍って、がんってことですよね。手術できないなら抗がん剤ですか？」

　俊介が冷静に問いかける。

「いや。もし先生が予測している病名通りなら、抗がん剤は効かないんだそうだ。唯一残されているのは放射線治療だけど……それも一時的な改善しか望めないと」

「そんな……」

　いままで平静を装っていた俊介ですら、声がかすかに震えている。

『一時的』ということは、それから稔はどうなっちゃうの？　こんなに大きな病院で診てもらったのに、なんとかならないの？

　鳥肌が立ち、気が遠くなりそうになる。それでも、俊介に手を握られていたおかげで、昨日のように気絶するようなことはなかった。

「俊介くん、里穂ちゃん。お願いだ。稔を支えてやってくれないか？　ふたりは稔の大切な友達だ。引っ越してきて不安でいっぱいの顔をしていたのに、ふたりに出会って笑顔が弾けるようになった。こんなに長く付き合いを続けて

もらえて、本当に感謝を……」

　おじさんはこらえきれなくなったのか、「ふー」と大きなため息をつき目頭を押さえる。

　いままでおじさんに何度も会ったことがある。大きな声をあげ、体を震わせて豪快に笑うような人だったのに、今日はまるでちがう。あんなに朗らかなおじさんがこんなふうになってしまうなんて。

　稔の身に降りかかった事態の重さを余計に感じた。

「もちろんです。俺たちにとっても稔は大切な存在なんです。稔が復帰できるまであきらめたりしません。だからおじさんも……」

「ありがとう、俊介くん。少し落ちついたら稔に会ってやって？」

「はい」

　私たちがうなずくと、おじさんは頬に涙をこぼしながらもう一度「ありがとう」とつぶやいた。

　おじさんが病室に戻っていくと、涙を我慢できなくなった。隣の俊介もうなだれている。

「なんでだよ、なんで稔が……」

　それが、俊介がこぼした初めての弱音だった。つい数分前まであんなに気丈に、そして冷静に振るまっていたのに、心の中は私と同じように真っ暗だったのかもしれない。

　ふたりで涙していると、いままで誰もいなかった待合室に人が入ってきて、俊介は私の腕を引きすぐにそこを飛び出した。そして人気のない建物の陰で私を強く抱きしめる。

「俊介……」
「稔は死なない。死なせるかよ」
　私は彼の腕の中で何度もうなずく。
　死ぬわけがない。稔はきっと『心配かけてごめん』と笑顔で戻ってくる。

　それから３日。
　無情にも稔の腫瘍が、医師の当初の予想通り"びまん性正中グリオーマ"という治癒の難しい脳腫瘍だと確定してしまった。
　俊介と一緒にネットで情報収集をし、もしかしたらこれかもと覚悟はしていたけれど、おじさんからはっきり聞いたときは、流れる涙を抑えきれなかった。
「半数が１年以内に亡くなるんだそうだ」
　おじさんが、どこか他人事のようにボソリとつぶやいたとき、言葉を失った。
　どうして……。
　つい先日まで、一緒に笑っていたんだよ？　一緒に走って……。気分が悪くなった私を気づかってくれていたのに。
　これから私たちには楽しい未来が待っているはずだった。
　やっと苦しい受験を乗りこえて高校に入学し、やってみたいことや夢がたくさんあったはず。
　俊介と一緒にインターハイに行くという目標を持っていたのもそう。

つらい練習に耐え、毎日黙々(もくもく)とトレーニングを積んでいたのは、夢をかなえるため。
　陸上部にもクラスにも友達がたくさんできて、夏休みにはキャンプに行こうなんていう計画もあった。
　真面目な彼は、大学のオープンキャンパスも楽しみにしていた。
　そんなことすべてが、できなくなるというの？
　しかも１年以内にいなくなってしまう可能性があるなんて、到底(とうてい)受けいれられない。
　待合室でおじさんと別れたあともぼうぜんとして動けない私を、俊介は待ってくれた。
　ただ手を握って、なにも言わずに。
　きっと彼にはこのつらい気持ちは伝わっている。だって俊介も同じように苦しいはずだから。
「里穂。これから毎日通おう」
「うん」
　もちろん。
　私ができることなんてきっとなにもない。でもせめて１秒でも長く稔に寄りそい、元気でいられるように励ましたい。

　おじさんの話では、明日には面会謝絶の措置(そち)が外れて会えるらしい。
　稔は意識は戻っているが、動けないことにひどく落胆(らくたん)しているようだ。

本人に告知はされていないけど、ついこの前まで普通の生活が送れていたんだから、誰だって落ちこむだろう。
　動けない稔が想像できないうえに、脳腫瘍のことを聞いたので、会うのが怖くないわけじゃない。いまはまだ、倒れる前の元気な姿しか思いうかばないから。
　でも、彼に早く会いたい。稔の顔を見て安心したい。
　そして『一緒にがんばろう』と伝えたい。

　翌日の土曜は土砂降りの雨だった。グラウンドが使えないときの部活は、特別棟の廊下で筋トレがお決まりだ。
　腹筋から始めて、スクワットなどを黙々とこなしていく部員たち。だけど、基礎トレーニングというのは楽しいものではなく、みんな手を抜きがち。そんな中でただひとり、俊介がいつも以上のがんばりを見せる。
　額に汗をにじませ、「はっはっ」と息を切らせながら限界まで挑戦する姿は、稔にエールを送っているようだった。
「西崎。糸井の調子はどうなんだ？」
　顧問の先生が小さな声で尋ねてくるので、顔がこわばる。どうやら学校には容態があまりよくないということしか伝えられていないみたいだけど、事実は私が伝えるべきじゃない。
「糸井くんはきっと復活します」
　余命宣告されているのに、そんな希望は甘いんだろう。
　それでもそう信じたい。
「そうか……。試合のエントリーだけど……」

「そのままにしておいてください」
　8月の試合までは、もう1カ月ちょっとしかない。その試合に──いや、これからすべての試合に、稔が出場できることはないのかもしれないけれど……。
　私は希望を捨てたくなくて、祈（いの）るような気持ちでそう答えた。
「わかった。そうしよう」
　顧問が離れていくと、気がゆるんで涙があふれそうになる。
　どうして稔がこんなにつらい目にあわなくちゃいけないの？
　俊介と一緒に、あんなに必死に陸上に打ちこんできた稔に、悪いところなんてひとつもなかったのに。神様は残酷（ざんこく）すぎる。
　部活中に泣くわけにはいかず、私は唇をかみしめて練習の輪に戻った。

　部活が終わるとすぐに駅へとダッシュした。
「里穂。あとでどんだけ泣いてもいいから──」
「わかってる」
　稔の前では泣かない。稔が不安になるようなことは絶対にしたくないから。
　俊介の言葉を遮（さえぎ）ると、彼は口もとをゆるめてうなずいた。
　8階の病室の前に立つと、緊張がピークに達して息がうまく吸えなくなる。

それに気づいた俊介は、私の背中をポンポンと叩く。
彼に視線を合わせて『心の準備が整いました』とうなずいて合図を送ると、俊介がドアを開けた。
「稔。来たぞ」
おどけたような声を出す俊介は、満面の笑みを浮かべている。
「久しぶり」
だから私も元気に続いた。
私たちがベッドの横まで行くと、稔はゆるやかに微笑む。点滴につながれているけれど、倒れる前より顔色がよく、回復しているかのように見える。
でも右目は相変わらずだ。
誤診(ごしん)じゃないのかな。このまま回復して、退院できないのかな。
「来てくれたんだ。悪いな」
「お前さぁ、俺たちがそんなに薄情(はくじょう)なヤツだと思ってたのかよ」
俊介はそんなことを口にしながら私の前にいすを出したので、並んで座る。
「稔。おばさんは？」
「いま、着替えを取りに帰ってる」
私が尋ねるとハキハキとした返事があった。
けいれんして倒れた稔がここまで元に戻っていることに、感動すら覚える。
私たちの稔が戻ってきた。頭に爆弾(ばくだん)を抱えているなんて、

どうしても信じられない。
「そっか。言ってくれれば持ってくるのに」
「里穂。稔のパンツに興味あるの？」
「はっ、なに言ってるのよ！」
　いつもの調子で私をからかう俊介の腕をドンと叩くと、稔がかすかな笑い声をあげたので胸が熱くなる。
　この時間を失いたくない。
「なんかさ、しばらく入院みたいで。なにが悪いのかまだよくわからないんだって。早く練習に戻らないと俊介においてかれるのに」
「おぉ。これはチャンスだ」
　俊介は即座に反応したけど、私は一瞬ひるんでしまった。
　自分の病気についてまだ知らない稔に、動揺がバレないようにしないといけないのに。
「ノートは里穂がコピーしてくれるんだよね」
「メッセージ読んだの？　スマホ使えるの？」
「個室はOKなんだってさ」
　ごく普通の会話が続いてホッとする。
「そっか。きれいに書いておくね」
「ガトーショコラもな」
　俊介が口を挟むと、稔は首をかしげる。
「なんのこと？」
「とぼけるな。それだけ読んでないって不自然だろ」
　と言いつつ、俊介はふき出している。私も声をあげて笑った。

あぁ、いつもとなにも変わらないのに、どうして稔は入院なんてしているんだろう。

　夢ならいいのに。

　それからふたりは、よくやっているゲームの話をしていた。私はその様子を見ながら、ときどき相づちを入れ、笑顔を作ることだけを心がけていた。

　30分ほど話したところで、「ふっ」と稔が小さなため息をついたのに気がつき、今日は帰ることにした。久しぶりにたくさん話したから疲れたのかも。

「それじゃあ」

　俊介があいさつを交わしドアに手をかけると「俊介」と稔が呼びとめるので振りむく。

「また、来てくれる？」

　その弱々しい発言に、じわりと視界がにじむ。

　告知されていないとはいえ、ちょっとした病気ではないことに気づいているのかもしれない。

「だから、そんなに冷たくないって言ってるじゃん。イヤだと言っても毎日来るからよろしく」

　俊介の言葉に合わせて私もうなずくと、稔はうれしそうに「おぉ」と白い歯を見せた。

　病室を出てドアが閉まった瞬間、こらえきれなくなった涙が頬を伝って落ちていく。

　するとそれに気づいた俊介が、シャツの袖で無造作にぬぐってくれた。

　病院を出たところで「よくがんばった」と背中をトント

ンと叩くので、涙が止まらなくなる。
「稔が笑ってくれるなら、なんだって……」
　声がかすれて続かなかったけれど、俊介はわかってくれた。
「アイツの笑顔は俺たちで守ろう。稔に命を吹きこむんだ」
「……うん」
　いつの間にか雨が上がり、湿気(しっけ)の高い空気が肌にまとわりついてくる。
　私は空を見上げて、涙をぬぐった。

激しい動揺

「ねぇ、糸井くんなかなか復帰しないね」

それから1週間。土曜日、部活に行くと多香美が私に話しかけてくる。

病名がはっきりしたので先生には伝えられたけれど、退学はしていない。それは、いつか戻れるはずだという稔の両親の願かけのような気もする。

一方、生徒たちにはしばらく休みだと発表されただけで詳しいことは明かされていないので、多香美も稔が脳腫瘍を患っていることを当然知らない。

「そうだね」

「里穂、お見舞いに行ったんだよね。陸上部のみんなでも行く？」

それを聞いてドキッとした。

あれから毎日顔を出してはいるけれど、調子が悪いときは10分くらいで息があがってしまうこともある。私と俊介だけならそこでさっと切りあげて帰ってくればいいけど、大勢で押しかけたら稔はきっと無理をする。

「川島、病院にあんまり大勢で押しかけるのはよくないって。川島たちの気持ちは伝えておくから、やめておこう。稔も元気がない姿なんて見られたくないだろうし」

困っていた私にすかさず手を差しのべたのは俊介だった。

「そっか。そうだよね」

　多香美も納得したようだ。

　だけど……いつまで隠しておけるだろう。

　そんなことをふと考えた。

　その日も、俊介と一緒に病院へと向かった。

　8階に到着すると、バタバタと看護師が走りまわっていて首をかしげる。

　なにかあったの？

「鎮静剤用意して！」

　看護師がナースステーションに向けて大声で叫びながら駆け出してきた部屋が稔の病室だと気がついた私たちは、顔を見合わせ走り始める。

「出ていけ！」

　すると稔の怒りに震えるような声が廊下まで響いてきて、ドキッとする。

　稔がこんなに取りみだすなんて初めてのことで、胸騒ぎが止まらない。

　私より先に俊介が病室に飛びこんでいく。するとガシャンという物音が聞こえ、あわてて私も続いた。

「稔、どうした？　落ち着け」

「うるさい。出ていけ！」

　俊介が話しかけても、稔は顔を真っ赤にして怒り狂っている。さっきの音は点滴をかけてあったスタンドが倒れた音のようだ。

興奮する稔を、白衣を着た40代くらいの男性医師と同じく男性の研修医がふたり、そして女性看護師の４人で押さえている。その４人をもはねのけそうな強い力で暴れる稔は、ボロボロと涙まで流している。
　彼の足もとにはおじさんと俊介が立ち、顔をゆがめていた。
「おばさん……」
　私はその一歩後ろで立ちつくして顔をくしゃくしゃにして泣いているおばさんの横に行き、様子をうかがう。
　もしかして、病気のことを伝えたの？
　それからすぐに、さっき飛び出していった看護師が注射器を持って現れた。
「やめろ！　そんなもの意味がないだろ。やめてくれ！」
　稔の悲痛な叫びに胸が痛む。
「動かないように押さえて」
　主治医がほかの医師たちに指示を出し、鎮静剤を点滴の管から入れ始めた。
「やめろって言ってんだろ！」
　いつも穏やかな稔が、こんなに暴れて叫んでいる。
　顔を真っ赤にしながら拒否し続ける彼を見ているのがいたたまれず、涙がこらえきれない。
　点滴の液が体に吸いこまれてからほどなくして、稔はストンと眠りに落ちていった。
「これでしばらくは眠ると思います。なにかあったらすぐにナースコールを。私たちも頻繁に顔を出すようにします」

「すみません。ありがとうございました」
　稔の状態を確認してから病室を去っていく医師たちに頭を下げたおじさんは、唇をちぎれそうなほどかみしめていた。
「俊介くん、里穂ちゃん、せっかく来てくれたのにごめんね」
　おじさんは無理に笑顔を作って私たちのことを気づかってくれるけれど、それより……。
「なにがあったんですか？」
　俊介が先に尋ねる。
「これから放射線治療をするのに、まったく病状を説明しないというわけにはいかなくてね」
　やっぱり告知したんだ。
　おじさんはチラリと稔を視界に入れてから「外で」と促した。
　私たちはおばさんを残しいったん廊下に出て、ナースステーション横のスペースで話を聞いた。
「脳に腫瘍があることをお医者さんに話してもらったんだ。そうしたら稔が『手術するの？』と聞いてね」
　おじさんはそこで大きく息を吸いこむ。
「難しい場所にあるから放射線治療になると、正直に話してもらった。稔は幼い子どもじゃない。嘘をついたところですぐにわかるだろうから」
　その通りかもしれない。スマホを持っていればたくさんの情報が入ってくるし、私たちだって実際、情報収集をした。

「それで？」
　俊介が促すと、おじさんは再び口を開く。
「難しい場所にあるということは、治らないってことじゃないのか？と興奮しだして。そんなことはひと言も言わなかったんだけど、なにかを察したのかもしれない」
　おじさんはそこまで言うと、口もとを押さえ声を殺して涙を流し始めた。
　なんて残酷な現実なんだろう。
　脳腫瘍を患った稔も、彼の命が短いと知った両親も、その悲しみはどれだけ深いんだろう。
　そして私もそのときの稔の気持ちを考えたら、こらえきれなくなり涙を止められない。
「稔が、自分の命の期限について知るのは時間の……。あぁぁ……」
　おじさんの言葉が続かない。
「おじさん……」
　目を赤くした俊介がおじさんの背中をさする。
「わかってしまうんだろうね。それでも放射線治療をすれば、少しは……」
　もうそれ以上聞き出すのはとても無理だった。
　私も俊介も、その治療ができたとしても完治しないことを知っていたから。
「おじさん。しばらく俺たちが代わるんで、おばさんと一緒に休んでください。俺たちも精いっぱいお手伝いします。稔が生きられるんだったらなんだって……」

「ありがとう、俊介くん」
　おじさんは俊介の手を握り、深く頭を下げた。
　それから稔の両親に代わって、私たちふたりが病室に入った。
「稔。多香美がね、稔のこと心配してるよ」
　私が眠る稔に話しかけると、俊介も続く。
「川島だけじゃないぞ。陸上部のみんなも、クラスのヤツらもみんなだ」
　私と俊介はE組で、C組の稔とはクラスがちがうけど、いつも一緒にいると知っているC組の人たちが『稔は元気？』と聞きに来る。
「そうだよ。みんな、稔が戻ってくるのを待ってるん……」
　笑顔で話しかけていたのに、胸にこみあげてくるものがあり言葉につまる。すると俊介が続ける。
「早く一緒に走ろうぜ。来年はインターハイ出るんだろ？」
　声色はいつもと同じなのに、俊介の頬に光るものが見える。……泣いているんだ。
　それなのに、悟られないようにしている俊介が立派すぎる。
　私が口を押さえて涙していると、俊介は肩をポンと叩いた。
　治らないかもしれないと感じた稔の気持ちを思うといたたまれない。
　それでも希望は捨てられない。
　だって稔は、私たちの大切な親友なんだもの。

お願い、生きて。
　無性に稔に触れたくて布団から出ていた彼の手を握ると、かすかに動いた。しかし、目を開けることはない。
「稔。がんばろうね」
　私がつぶやくと、彼の手に力がこもった気がした。
　その晩は9時過ぎまで病室にいた。稔は目を覚ますことはなかったけれど、心配で帰れない。面会時間をとっくに過ぎてはいたが、あんなことがあったあとなので特別に許可されていた。
　だけどさすがに泊まることもできず、おじさんとおばさんと交代して帰ることになった。
「稔……」
　思わず稔の名を口にすると、俊介は私の左手をサッと握る。小さな頃は手をつなぐこともよくあったけど、大きくなってからはなかったので驚いた。
「里穂の右手は稔とつながってる。俺たちは3人でひとチームなんだ」
「……うん」
　私は自分の右手を、さっきの稔の手の感触を思い出しながらゆっくりと握った。

　翌日の日曜日も部活が終わると病院へと走った。
「稔」
　病室のドアを開けた瞬間、昨日とは打って変わって表情をなくした稔がベッドに横たわっている。

目はうつろで、私たちのことをとらえようともしない。まるで見えていないかのようだ。そして右目は相変わらずだった。
　付きそいのおばさんに頭を下げてベッドに近づき、いつものように話しだす。
「今日ね、陸上部のみんなが稔に手紙を書いてくれたんだよ」
　私が手紙の束を差し出すと、俊介が続く。
「まあ俺たち陸上バカだから、文章は残念かもしれないけどね。みんな、稔の復帰を——」
「俊介になにがわかる」
　抑揚もなくつぶやく稔に目を見張る。
「俺はもう走れないんだ。放射線をやったって頭に爆弾抱えたままなんだぞ。学校に復帰できたとしても、走るなんて……」
　稔の目尻から涙がスーッとこぼれ、シーツに吸いこまれていく。
「焦るな。いまは一歩ずつ進むしか——」
「きれいごとを言うな！」
　稔が顔をゆがめ、声を荒らげた。
　おばさんが近寄ってこようとしたけれど、俊介は手で制して続ける。
「俺たちは一番近くで稔の努力を見てきた。お前のド根性を知っている。だから、俺も里穂も稔が絶対に復活してくると思ってる。あたり前に、思ってるんだよ」

俊介は私の気持ちも代弁してくれた。
　余命宣告を聞いたあとも、稔がまたハードルを跳ぶ姿をどうしても思いうかべる。そしてがんばり屋の稔なら、奇跡を起こすと信じている。
「毎日走れているくせして、俺の気持ちなんてわかるかよ！お前を見ているとイライラするんだよ！」
「稔！」
　おばさんがたしなめるけど、稔の気持ちが痛いほどわかるので責めたりできない。
　俊介も同じように思っているはずだ。
「そうだな。ごめん。だけど、俺たちだってお前の痛みを背負いたい。ずっと一緒にがんばってきたじゃん」
　俊介がそう伝えると、稔の目から涙があふれだしてくる。
　そしてそのあと、険しい表情になり……。
「走れるヤツの余裕のコメントか。お前の顔なんて二度と見たくない。出ていけ」
　歯を食いしばり声を絞り出す彼に、なにも言えない。
　稔と俊介は、小さな言いあいはあったが大きなケンカをしたことがない。とくに稔は穏やかで、声を荒らげることなんて病気になるまで一度もなかった。そんな彼が俊介にこれほどまでに挑発的な発言をするのが信じられないけれど、きっといまは仕方がない。
「わかった。今日は帰る」
　俊介はこれ以上稔を興奮させたくないのか、素直に引きさがり病室を出ていく。

だけど私は動けなかった。こんな稔を置いていけるわけない。
「稔……つらいよね。私にはなんでも言って。できることはする。だって、稔のマネージャーなんだもん」
　昨日したように稔の手を握ると、彼はハッとしたような顔をする。そのとき、いつもの優しい稔が戻ってきた気がしてホッとした。
「里穂。俺……」
　冷静さを取りもどした彼は、そこまで言うと口をつぐむ。その続きはなんだったのかわからない。でも、その苦しげな表情から俊介に申し訳ないと思っていることがひしひしと伝わってくる。
　やっぱり、彼は優しい。
「大丈夫。俊介は全部わかってる」
　稔がどうしてあんな言葉を吐いたのかも、そしてどれだけ後悔（こうかい）しているかも。
　そう伝えたけれど、彼はなにも言わなかった。

　病室を出て1階まで行くと、エレベーターホールで俊介が待っていた。
「里穂。稔は？」
「うん。少し落ちついた、かな。俊介、稔はね――」
「わかってるよ」
　よかった。あれが稔の本心じゃないことをちゃんとわかっているんだ。

「俺たちにできること、なにもないのかな。このままアイツがいってしまうのを待つなんてできない」
　それは私も同じ気持ちだ。
　どうしたら、稔の命をつなぎとめられるんだろう。
　彼の命が救われるならなんだってするのに。
「……うん」
　だけど、どれだけ考えてもその方法はまったくわからなくて、あいまいな返事しかできない。
　なんて無力なんだろう。
　最先端の医療技術を集めた大学病院でさえ難しいという彼の治療を、私たちがなんとかできるはずもない。
　でも……。
「ずっと稔のそばにいる」
　私がつぶやくと、俊介は大きくうなずいた。

　翌日から、部活のあと俊介と一緒に病院に行っても彼は１階まで。私が稔の病室に顔を出して、戻るのをずっと待っていた。
　状況を受けいれられない稔のことをよく理解している俊介は、これ以上稔の心を乱したくないと遠慮している。
　いままで通り毎日走っている俊介に、嫉妬の気持ちがわくのは仕方がない。１日中ベッドの上で、ただ白い天井を見上げていることしかできない稔のつらさは、私たちの想像以上だろう。
「稔の好きなメロンパンだよ」

彼は入院してから、腫瘍のせいなのか、はたまた放射線治療が始まったからなのか、それとも精神的なダメージなのか、食欲が極端に落ちている。
　たしかに顔面蒼白だったときと比べれば顔色はよくなってきているけれど、頬がこけてしまった。
『好きなものを食べさせてあげて』と医師から聞いたので、よく試合の帰りに通ったパン屋で彼の好きなメロンパンを買ってきた。
　中にメロン風味のクリームが入っていて、私も大好物。俊介はカレーパンのほうが好みのようだけど。
「ありがと」
「食べる？」
「ごめん。あとで食べるよ」
　メロンパンでも無理か。なにを持ってきたら……どうしたら食べるんだろう。
「了解。それじゃ、ここに置いておくね」
　ベッドの横の棚に置くと、稔がじっと私を見つめているのに気づいた。
「どうかした？」
「俊介、元気？」
　やっぱり気にしているんだ。
「うん。カレーパン食べてるんじゃない？」
「あはは、そうだね」
　やっと笑った。私たち3人の間には、笑みがこぼれるような思い出がいっぱいなのに。これからも楽しい思い出を

積み重ねていきたいのに。
「俺、もう一度走りたいなんて贅沢(ぜいたく)なんだろうな」
　稔がもらしたひと言に、心臓をわしづかみにされたような痛みが走る。
　走ることが贅沢なんて。
　そんなことを口にしなければならない稔は、どんなに苦しいだろう。
「そんなことないよ。私は、稔がハードルを跳んでいる未来しか想像できない」
　本音だった。彼がいなくなるなんて、まったく信じられないから。
「そっか」
　それから彼は黙りこんだ。そして私もなにも言えなかった。
「俺、死ぬのかな」
「えっ……」
　しばらくして彼が放ったひと言に、一瞬息が止まった。だけど、すぐに笑顔を作る。
　動揺しちゃダメ。
　自分にそう言いきかせながら必死に口角を上げるも、引きつっていないか心配になる。それでも懸命(けんめい)に明るい声を張りあげた。
「なに言ってるの？　そんなわけないじゃない。またハードル跳ぶんだから」
　俊介のように気のきいた言葉が出てこない。しかし稔は

うなずいた。
　それから10分ほどして私と入れかわりに洗濯(せんたく)に行っていたおばさんが帰ってきたので、立ちあがる。
「また来るね」
「里穂」
「ん？」
　呼びとめられ、首をかしげる。
「なんでもない。気をつけて」
「ありがと」
　彼がなにを言いたかったのかわからない。ただ、一瞬見せた不安げな表情が頭から離れなくなった。
　１階に戻ると、俊介がすぐに気づいて近寄ってくる。
「どうだった？」
「うん。食べなかった」
　私の返事に、俊介は肩を落とす。メロンパンの差し入れは彼の提案だった。
「稔が、『死ぬのかな』って……」
　涙をこぼしながら伝えると、彼は私を引きよせて胸を貸してくれる。
「アイツの力になりたいのに、なにもできない。クソッ」
　俊介は悔しそうに吐きすてる。私も同じ気持ちだった。
　泣いてばかりいてもなにも解決しないとわかっているのに、どうしても涙が止まらない。俊介だって心の中で悲鳴をあげ、我慢しているのかもしれないのに。
　やっとのことで泣きやむと、彼は私の頭をなでた。

翌日は夏の太陽がぎらぎらと照りつけ、汗がふき出すようないい天気だった。
「関戸くん、なんだか最近顔つきがちがうね。タイムもびっくりするくらい伸びてる」
　多香美が何本も走りこみをしている俊介に視線を送りながら、感心している。
「うん。すごいよね」
　稔の悔しさを背負って走っているんだろう。稔のぶんも自分が走ると。
　稔になにをしてあげたらいいのかわからないまま時間だけが過ぎていく。私も俊介も焦っていた。
　学校から病院へと向かう途中、電車の中で俊介が口を開いた。
「俺、陸上辞めようかと思う」
「えっ？　どうして？」
　突然の申し出に、思わず口をあんぐり開ける。
　タイムが伸びなやんだときも、こんな発言をしたことはない。
　ついさっきまで、あんなに必死に走っていたのにどうして？
「辞めなければ、稔のホントの悔しさはわからない気がして。それに、一番好きなものを断てばアイツの命が助かるんじゃないかって……」
　そんなことを考えていたんだ。
　ちょっとしたことで泣く私を俊介は励まし続けるけれ

ど、彼も私と同じく、もしかしたらそれ以上にとまどい苦しんでいるんだ。
「稔はそんなことを望まないよ」
「里穂……」
「俊介のことを拒否した日ね、俊介が出ていってからすごくつらそうな顔してた。たぶんあのとき、俊介を傷つけたことを悔やんでいたんだと思う」
　俊介は私の手をギュッと握る。
「もし、俊介が陸上を辞めて命の期限が伸びても、稔はうれしくないんじゃないかな」
　きっと稔は自分のために俊介が陸上を辞めたら、罪悪感で苦しむだろう。だって彼は常に他人を気づかえる優しい性格の持ち主だから。
　でも、稔がいってしまうなんて考えたくない。
「はー。どうしたらいいんだ」
　考えても答えは出なくて、俊介の問いかけに答えられない。
　だけど、稔を思う俊介の深い気持ちは私も同じだった。
　俊介が一番大切なものを手放してもいいと思ったように、私も稔のためならなんでもする。
　私はそう心に決めた。

第 2 章

切ない告白

　放射線治療が始まり1週間。
　病室に顔を出すと、眠っていた稔がゆっくりと目を開けた。
「ごめん、起こした？」
「ううん。里穂を待ってたから」
　こんな私でも、彼の支えに少しはなれているのかな。
　この時間に私がやってくると知っているおばさんは、いつもいったん帰宅して家事をしてから戻ってくるので、ふたりのことが多い。
　告知のあの日から、少しずつ彼の表情がゆるんできたようにも感じる。
　でも無気力にも見え、生きることをあきらめつつあるように感じてしまい、少し怖かった。
「ご飯食べた？」
「うん。ひと口だけね。おいしくなくて」
　体力が落ちちゃったら、病気にも勝てないのに。
「そっか。なんだったら食べられるかなぁ」
　何気なくそう言いながら稔を見つめると、彼の左目の視線につかまりそらせなくなる。
　どこか切なげな表情のせいで、心臓がバクバクと音を立て始めた。
　稔はいったん私から視線をそらし、枕もとに置いてあっ

たスマホを手にして操作し始める。そして、とあるサイトを表示して私に差し出した。
　嘘……。
　最上部に"びまん性橋膠腫(きょうこうしゅ)"と書かれていて、声も出ない。
　それは彼が患う"びまん性正中グリオーマ"のことだからだ。
「初期症状は内斜視が多い。手足に麻痺(まひ)が出て歩行困難が起こる」
　彼は淡々と語るが、まさに稔の身に起こっていることなので、どう反応していいのかわからない。
「脳幹部にできる腫瘍のため、手術は不可能。抗がん剤が有効だというデータはなし。放射線治療のみが選択肢(せんたくし)となるが、それも完治ではなく延命をするためのもので……1年後の生存率は50パーセント」
　彼は天井を見つめたまま、表情を一切変えることはない。
　まるで感情のない人形のよう。
　緊張のあまり、呼吸が速くなる。
「俺、もうすぐ死ぬんだね」
　稔はそうもらしたあと、目を閉じ唇をかみしめる。すると目尻から涙がこぼれ落ちていく。
　なにも返事ができなかった。
『ちがう』と言わなければ彼の予想が的中していると認めているようなものなのに、とっさに嘘がつけない。彼を見つめて、涙をこらえるので精いっぱいだ。

「なにしたんだろうな、俺。そんな罰を受けるほどひどいことをしたのかな」

　目を閉じたまま声を震わせる稔は、硬く拳を握る。私は思わずその手を握った。

『稔は精いっぱい生きてきただけだよ。罰なんて受ける必要ないんだよ』

　そう言いたいのに、言葉が出てこない。

「里穂。俺のそばにいて？　俺……お前のことが好きなんだ。里穂と一緒に生きていたい」

　稔の思いがけない言葉に思考が固まる。

　私を……好き？

　ゆっくりと目を開いた彼と視線が絡まる。

「里穂。俺の生きる希望になって」

　握っていたはずの手が、いつの間にか握り返されていた。

　私は困ってしまった。稔に告白された瞬間、別の人の顔が頭に浮かんだから。

　1階で待っている、俊介の顔が。

「あっ、あの……」

「里穂、頼む」

　顔をゆがめ懇願してくる稔にイヤだなんて言えない。

　だけど私は……。私が好きなのは……。

　答えられないでいると、彼は表情を曇らせる。

「ごめん。もうすぐ死ぬヤツなんかと付き合えないよね」

「ちがう！」

　そんなことでためらっているわけじゃない。

「ただ、私なんかでいいのかなって……」
　私は手に汗をかくのを感じながら、嘘をつく。
　どうしたらいいの？　俊介が好きなのに。
　彼の前で稔と付き合ったりできる？
「いいに決まってる。里穂はずっと俺の好きな人なんだ。里穂がいたから、陸上だってがんばってこられた。これからだって……。いつまで生きられるかわからないけど、里穂と一緒ならつらいことも耐えられる気がするんだ」
「稔……」
　頭が真っ白になり、なにも考えられない。稔が私のことを好きだったなんてまったく気づいていなかったし、男の子として意識したことはなかったので、すぐに答えを出すことができない。
　でも、こんなに追いつめられている彼を拒否なんてできる？
　私が断ったら彼はどうなるの？
　そんなことを頭の中で考えながら、稔を見つめる。
　だけどすぐに決められない。
「ちょっと考えてもいい？」
「もちろん」
　彼はやわらかな笑みを浮かべる。
　私がそばにいれば、少しは穏やかに過ごせるんだろうか。
　それから10分。稔が自分の病気について知ったという衝撃と、突然の告白の驚きを胸に抱えながら、ただ彼の手を握っていた。

学校であったことを話そうと思ってきたのに、病気について知り『もうすぐ死ぬんだね』なんてつらすぎる言葉を吐き出す彼を前に、そんな話ができるわけない。
　そして稔も私の手を握りしめたまま黙っていた。
「里穂、ごめん。いろんなこと言っちゃったからびっくりした？」
「そうかも。私、頭の回転速くないからただいま処理中」
『びっくりした』なんて言葉では片づけられないけれど、そう返すしかなかった。
　告白の返事はともかくとして、病気のことはなんと言ったらいいんだろう。
　なにもかも知ってしまった彼に、適当なことは言えない。
「ちょっと疲れて……。眠っていい？」
「うん、もちろん。明日また来るね。それじゃあ」
　立ちあがると、稔の手が不意に伸びてきて私の腕をつかんだ。
「里穂……」
「どうしたの？」
「明日も必ず来て」
　すっかり弱気になっているが、その気持ちがよくわかる。暗い夜はただでさえ寂しい。自分の余命に気づいてしまった稔の夜は、もっと闇が深いにちがいない。
「うん。なにか買ってくる。ゼリーがいいかな？」
　そう尋ねると彼は首を振る。
「里穂が来てくれればそれでいい」

その返答には彼の悲しみや不安がこもっているようで、自分の表情が曇っていくのを感じる。
　ダメだ。笑ってなくちゃ。
「それじゃあ、私とゼリーね」
　笑顔を作り言うと、彼はやっと納得したのか手を離した。
　それからエレベーターホールで、そろそろ戻ってくるはずのおばさんを待った。
「里穂ちゃん。毎日ごめんね」
　着替えを持ったおばさんは、疲れているのだろう。目の下にクマができている。
「おばさん、ごめんなさい。稔に病気のサイトを見せられて、ちがうって言えませんでした……」
　深く頭を下げたが、おばさんに体を起こされた。
「そう。知ってしまったのね……」
　おばさんはそれからしばらく黙りこみ、言葉を探している。
「実は先生と話してたの。いまは情報が氾濫していて、稔が自分の病について知るのは時間の問題だろう。でも、問題はそこから。生きる気力をなくしたら、ガンにあっという間にのみこまれるって。気持ちがすごく大事だと」
　私はうなずく。"病は気から"と言うけど、それは嘘ではないのかも。
「私……精いっぱい支えますから」
「……ありがとう。里穂ちゃんと俊介くんには本当に感謝してる。下で俊介くんにも会ったの」

俊介の名前が出て、心臓がドクッと音を立てる。
「稔があんなにひどいことを言ったのに、毎日こうして来てくれて……あの子はどれだけ幸せなんだろうね。あさって、退院できる見通しが立ったのよ。家のほうにも来てやってくれる？」
「退院できるんですね！　もちろんです」
　目にうっすらと涙を浮かべながらも気丈に振るまうおばさんを見て、私も強くならなければと感じた。
　1階まで下りると、すぐに俊介と視線が合う。
「飯、食ってた？」
「ひと口、だって」
　なにから話したらいいんだろう。緊張のあまり目が泳ぐ。
「里穂？　なんかあった？」
　俊介はいつも、私のちょっとした変化に気づく。
　稔が倒れる前までは、私が沈んでいると必ずからかい、テンションを上げてくれた。
　時にはとんでもないことを言い出すので『もう！』と怒ることもあったけど、彼のおかげで救われてきたことがたくさんある。
「稔が……知っちゃった」
「なにを？」
「病気の、こと」
　私が告げると、俊介は目を大きく開いたまま動かない。
「どこまで？」
「全部。情報が書かれているサイトを自分で見つけて、私

に見せてきたの。そこには生存率まで……」
　そこまで言うと泣きそうになり、大きく深呼吸する。
「はー」
　俊介は大きなため息をついている。
「私、否定しなくちゃいけなかったのにできなかった」
「しょうがない。俺だって突然そんな追及されたら、たぶん嘘はつけない」
　俊介は苦々しい顔をする。
「あさって退院できるんだって。一時的だとは思うけど、全力で支えようと思ってる」
　それは伝えられたものの、稔に告白されたことはもちろん言えない。ううん、言いたくない。
「俺も。拒否されている以上、たいしたことはできないけど、里穂は俺が支えるから」
「ありがと」
　俊介がいてくれて本当に助かっている。私だけなら毎日笑顔で稔の病室に行けなかった。こらえきれなくなったら泣かせてくれる彼がいたからこそ、稔の前で元気でいられた。
　どうしよう。私はやっぱり俊介が好き。
　それから私たちはいつものように空いた電車に乗りこみ、家へと向かう。
　毎日激しいトレーニングを積んで、会えないというのに病院に行き、こうして遅く帰宅することが俊介にとってどれだけ負担かわかっている。それでも隣にいてほしい。

やがてうとうとし始めた俊介が倒れてきて、私の肩に頭が触れた。
　向かいの窓に反射する私と俊介の姿を見つけ、胸が苦しくなる。
　俊介が……好き。
　どれだけからかわれても彼の言葉にはいつも愛情があったし、私はずっと彼に守られてきた。私が困ると必ず俊介が現れて手を差し出してくれた。
　穏やかな顔で寝息を立てる俊介の手にこっそり触れる。
　私よりずっと大きくなった手は、いつも私の頭をなでた。それが子ども扱いされているようで怒ってはいたけれど、触れてもらえると安心する。
『俊介』
　心の中で彼の名前を叫ぶ。すると触れていた手がピクッと動いたので、あわてて離した。

　翌日も俊介と一緒に病院へ向かい、1階で別れたあと私ひとりでエレベーターに乗って8階まで上がった。すると、エレベーターホールの脇(わき)に置いてあるベンチでおばさんがぼうぜんとしている。
「おばさん、どうかされました？　疲れたのなら代わりますから」
　声をかけると、我に返った様子で私を見つめる。
「里穂ちゃん……。大丈夫よ」
「でも……」

なんだか様子が変だ。
「稔がなにも話さなくなってしまったの。天井を見たまま返事もしないし、ご飯も食べない。ただ息をしているだけで……このままいってしまうんじゃないかって。なにをしてあげたらいいのかわからなくて」
　おばさんの目からブワッと涙があふれだす。
　やっぱり、自分の病気について深く知り、絶望してしまったんだろう。
　そりゃあ『１年後の生存率は50パーセント』なんて突きつけられたら、誰だってそうなる。私ならきっと、もっと取りみだす。
　なにをしてあげたら……。私にはなにができる？
　むせび泣くおばさんの背中をさすりながら、懸命に頭を働かせる。
　そして出したのは、ひとつの答え。
「おばさん、ゼリーを買ってきたんです。稔にちゃんと食べてもらいますから、少しふたりにしていただけませんか？」
「ありがとう、里穂ちゃん。頼ってばかりでごめんなさい」
　声を震わせるおばさんに首を振り、稔の病室に向かった。
　ドアの前に立ち、一度大きく深呼吸する。
　そして口角を上げ笑顔を作ってからノックした。
　——トントントン。
「稔。来たよ」
　テンション高めに声を張りあげながらベッドに近づく

と、彼は目だけを私のほうに向ける。
「ね、ゼリー買ってきたんだよ。食べて」
　いつもは食べるかどうか尋ねるが、今日は絶対に食べてもらう気でいる。
　点滴から最低限の栄養は取れるけど、それでは衰弱(すいじゃく)する。
　稔に生きていてほしい。ずっと笑っていてほしいから。
「いらない」
「ダメ。食べて。……彼女のお願い聞いてくれないの？」
　そう言いつつも、心が悲鳴をあげていた。
　俊介……。あなたが好き。
　でも私には、この選択しかできない。
「彼女って……？」
　稔はあぜんとした様子で私と視線を合わせる。
「あの、ね。ホントに私でいい？」
「それじゃ……」
　稔の問いかけにうなずいてみせると、彼に笑顔が戻りホッとした。
「でも、ゼリー食べてくれないとやめる」
「食べるよ！」
　彼の声が弾(はず)んでいて私もうれしい。
　こうするのが一番なんだ。
　そう自分に言いきかせ、ゼリーをすくって彼の口の前に差し出す。
「あーん」
「自分で食べるって」

照れくさそうな顔をする稔は起きあがり、ずいぶん細くなった手でゼリーを持った。
「ふふ。『あーん』したかったのになぁ」
「恥ずかしいじゃん」
　はにかみながらゼリーを口に運ぶ稔。
　食べてくれてよかった。
「全部食べてね」
「了解しました！」
　打って変わって食べる気満々の稔がおかしい。だけど私との交際をそれほど喜んでいるんだと伝わってきて、ちょっぴり恥ずかしい。
　時間はかかったけれど最後まで食べた彼は、私をじっと見つめる。
「里穂、ホントにいいの？」
「なにが？」
「だって俺、こんなんだよ？」
　そっか。彼の告白は、健康な私たちよりずっと勇気がいることだったんだ。
「そんなの関係ないよ。それに、私が稔を元気にするんだもん」
「ありがと、里穂」
　彼がうっすらと涙を浮かべているのを見て、この選択は正しかったんだと感じた。

　そして稔の退院の日。

その日は終業式で学校は午前で終わり。私と俊介は部活を休み、家で稔が帰ってくるのを待っていた。
　するとスマホに《帰ってきたぞ》のメッセージが届く。あんなことがあったふたりだけど、稔は３人のグループのほうに連絡を入れてくれた。
　それを待ちかまえていたかのように、俊介の部屋の窓が開く。
「里穂。送っていこうか？」
　私はその質問に首を横に振る。
「ううん。俊介も一緒に行くの」
　稔が俊介にも連絡を入れたということは、会いたいという意思表示なんだと思うから。
　稔の腫瘍を知ってからたくさん調べた。すると腫瘍のせいで情緒不安定になることもあると書かれていた。ましてやあの日は、自分の病気が深刻なことを知ったばかりだった。取りみだしてもおかしくはない。
　稔は本気で俊介を拒否したわけではないし、俊介もそれがわかっている。きっと『ごめん』のひと言で終わるはず。
「そう……だな」
　俊介はうなずいた。

　母が用意してくれたたくさんのゼリーをお土産に、ふたりで稔の家に向かう。
　稔の部屋は２階だけど、階段の上り下りが危険だということで１階の洋室にベッドが移されていた。

「稔、お帰り」
　おばさんに挨拶をしたあと部屋に顔を出すと、ベッドに横たわる稔の姿が目に飛びこんできた。
　しばらく通院での放射線治療は続くそうだが、ずいぶん元気になっている。
　無理をしない範囲(はんい)でなんでもしていいと許可が出たらしいけど、今日はさすがに久々の移動で疲れたのかもしれない。
「里穂、来てくれてサンキュ」
「うん。退院おめでとう」
　そう言ったあと後ろに視線を送ると、俊介も顔を出した。
「稔、退院おめでとう。あのときは、余計なこと言って――」
「悪かった」
　稔は俊介の言葉を遮り、謝罪する。
「いや。お前の言う通りだった。もっと気を使うべきだった。ごめん」
　よかった。これできっとふたりは元通りだ。
　俊介が謝ると、稔は起きあがり首を振る。
「起きても平気？」
「うん。放射線のおかげか体のふらつきも減ったし、結構快調」
　私の質問にそう返すけど、食欲がないからかひとまわり小さくなったように感じる。
「その辺座れよ。俺、ここでいいかな？」
「もちろん」

私と俊介は、座布団を借りて稔のほうを向いて座る。
「ふたりにはなんていうか……感謝してる。ありがとう」
　改めてお礼なんて言わないでほしい。
　私たちは仲間でしょ？
「なに言ってんだか。好きでしてることに礼なんて言われてもなぁ」
　俊介はすかさず言い返す。
「相変わらずだな」
「悪かったな」
　いつものテンポが戻ってきた。
　うれしくて、顔がにやける。
「俊介。お前、ちゃんと走ってるんだろうな」
「もちろんだ。毎日ベスト更新（こうしん）」
「嘘ばっかり」
　稔が倒れてからベストを大幅（おおはば）に更新したけれど、毎日はさすがに言いすぎだ。
　私が突っこむと「黙っときゃわかんないのに」と俊介がふてくされるので、私も稔もふき出した。
「けど、よかった。俊介のことだから、辞めると言いだすんじゃないかと思って」
　なんて察しがいいんだろう。ずっと一緒にいた稔にはなんでもお見通しなのかも。
　一瞬、俊介の顔をチラッとうかがう。
「辞めるわけないだろ。インターハイ行かないと」
　この発言が稔にとってどんなに酷なことか、たぶん俊介

は理解している。それでも、遠慮するのは親友ではないと思っているんだ。
　俊介は退部を撤回したときに、稔といつかこういう会話をしなくちゃいけないと覚悟していた気がする。
「しょうがないから応援してやる」
「あったり前だ。グラウンドまで来いよ」
　俊介の『治して這いあがってこい』という心の声が聞こえる。
　もちろん私もそう願ってる。
「命令かよ」
　ケラケラ笑う明るい稔は、少しずつ自分の置かれた状況を受けとめ始めているんだろうか。
　それから私たちは学校の様子を報告し始めた。
「毎日『稔は？』って誰かに聞かれるんだよ。お前、人気者だったんだな」
「知らなかった？」
　俊介にしたり顔で返事をする稔は、表情が穏やかでホッとする。告知を受けて取りみだしたときのおもかげはない。
　でもきっと、胸には深い傷を負っているはず。
　私は必死に踏んばる稔を少しでも癒したい。
「多香美がずっと心配してるよ。ハードル片づけるたびに言ってる」
「あれ、恋のフラグ？」
　私の発言に被せるように俊介がちゃかすので、心臓が激しく暴れだす。

稔と付き合い始めたことをまだ俊介に伝えていないからだ。
「俺は堂々とふた股(また)なんてしないって」
「ふた股？　えっ、彼女いるの？」
　俊介の様子に稔が驚いている。私が俊介に報告していると思っていたんだろう。
「俊介、聞いてないの？」
「ごめん。なんとなく照れくさくて、言いそびれちゃって」
　私が無理やり笑顔を作り口を挟むと、俊介の動きが止まった。
　俊介は私を見つめたまま口を開こうとしない。たった何秒かのことだったけど、私にはとてつもなく長く感じた。
　バレて、しまった。
　こんなに近くにいるんだから、すぐに知られるとわかっていたのに、想像以上にきつい。胸が張りさけそうだ。
「里穂、なの？」
　うなずかなくちゃいけないのに、頭が真っ白になってできない。
　すると稔が「そうだよ」と代わりに答える。
「そっか。知らなかった。へぇー、いつから？」
　俊介の声が上ずっているように聞こえるのは気のせい？
　動揺しちゃダメ。稔のことだけ考えるの。
　私は必死に自分に言いきかせる。
「おととい、告白したんだ」
「おととい……」

俊介の目が泳いでいる。と同時に、私は息がうまく吸えなくなった。
　こんなはずじゃ、なかったのに。
　告白する勇気なんてなかったけれど、いつか俊介の彼女になれたら。なんて淡い期待を抱いていたのに。
　それでも私が選ぶ道はこれしかなかった。稔を突きはなすなんて、絶対にできなかった。
　複雑な気持ちを抱えて、押しだまっていた。
「それじゃあ、俺邪魔じゃん」
「邪魔じゃないって。いままで通りでいいから」
　稔はそう言うけど、この３人の組みあわせは正直苦しい。俊介の前でも、親友としてなら稔のことを気づかえる。でも、彼女として振るまうのはつらくてたまらない。
「そんなこと言ったって、顔に"空気読め"って書いてあるから。元気そうな姿も見られたし、また来る」
　俊介はそう言いのこして立ちあがり、ドアへと向かう。私はその背中をすがるように見つめる。
　行かないで……。
　覚悟していたことだけど、俊介が手の届かない遠いところに行ってしまうようで悲しい。
　でも、そんな言葉を口にするのは許されない。
　俊介が出ていくと、稔が口を開いた。
「言ってなかったんだ」
「ごめん。だって、ずっと３人でこうしてきたでしょ？やっぱり恥ずかしいじゃない」

必死に言い訳をしている自分に気がつき、俊介への気持ちを再確認する。
　できるなら知られたくなかった。俊介の前では親友で通したかった。
　ずいぶん勝手でひどい言いぶんだとわかっていても。
「まあ、そうだよね」
　稔は一瞬表情を曇らせたけれど、すぐに笑顔に戻った。
　私はこの笑顔を守るんだ。それが、唯一稔のためにできることなんだから。
　……たとえ自分の心の中が土砂降りだったとしても。

　それから20分ほど他愛もない会話を楽しんで、稔が疲れるといけないので帰ることにした。
「それじゃ、また明日ね」
「里穂。デートしよう」
「デート？」
　思いがけない発言に驚いていると、彼は続ける。
「里穂に看病させたいわけじゃないんだ。でももしかしたらこの先、頼ってしまうかもしれない。だから元気なときに里穂がしたいことをしたい。病気の俺と付き合うなんて、大きな決断をしてくれた里穂にお礼がしたい」
「稔……」
　そんなふうに思っていたんだ。ただでさえ苦しい中、私のことで悩(なや)まなくてもいいのに。
「看病が苦だなんて思ったこともないし、これからもない。

私は稔のそばにいられて幸せだよ」
　彼のつらさにゆがむ顔を見ていると、私も泣きそうになる。だからといって会いたくないと思ったことはないし、できればその苦しみのほんの少しでも背負うことができたら……と思っている。それはきっと、俊介も同じ。
「稔と付き合うことにしたら、ちょっと病気だっただけ。でも、稔が元気ならデートもしたいな」
　おばさんの話では、元気なら外出してもかまわないし、好きなことはどんどんさせるようにと医師から言われているらしい。
　それが余命の短さを示されているようで心苦しくもあったけど、1分1秒でも長く稔には笑顔でいてほしい。
「ありがとう。明日、体調がよければ少し出かけよう」
「うん」
　私が笑みを浮かべて返事をすると、彼も白い歯を見せた。

　稔の笑顔が見られたという高揚した気持ちと、俊介に知られてしまったという落胆した気持ちの両方を抱えながら家に向かう。
　これから俊介とどう接したらいいんだろう。
「里穂」
「あ……」
　すると、玄関の前で俊介が待ちかまえていた。
「こっち」
　彼は有無を言わせず強い力で私の腕を引き、思い出の公

園に連れていく。
　いつもとはちがう荒っぽい行動に少し驚いた。
　怒ってる？
「痛いよ」
　あざができそうなほど強く握られた手首が痛くてそう言ったけど、それより心のほうが悲鳴をあげている。
　俊介のことが、好き、なのに……。
　でも、どうしても稔を放っておけない。
「初耳だけど？」
　ようやく私から手を離した俊介は、背を向けたままつぶやく。
「うん。ごめん」
「謝ってほしいわけじゃない」
　そう、だよね。
　隠し事をしないからこそ仲よかった私たち。それなのに、彼に初めて言えないことができて……それがあんな形で伝わったから怒っているんだ。
「……うん」
　そこでようやく俊介が振りむいた。
　私を見つめるまなざしはまっすぐで、なぜか悲しみを含んでいるように感じる。
「里穂は、稔が好きなの？」
　そう聞かれても本当のことを言えるわけがない。
　返答に困ってすぐに反応できなかった。
　稔のことは親友として好きだった。だけど、それは"男

の子として"ではなかったから。
　私が好きなのは、俊介なの。
「あっ、あの……」
「おとといって、稔が自分の病気について知った日だよね」
　じりじりと獲物を追いつめるような鋭い質問が突きささる。
「……うん」
　鼓動が速まりすぎて息が苦しい。
　私がどうして稔の告白を受けいれたのか、気づいているのかもしれない。
　でも、それでは困る。稔に恋愛感情を持っていないことを知られてはいけないの。追いつめられている彼をこれ以上落胆させられない。お願い、黙って見守って。
　俊介はそれからしばらくなにも言わない。
　いま、なにを考えているの？
　好きなの。俊介が好き。
　だけど、このあふれそうな気持ちを伝えるわけにはいかない。
　稔のことだけを考えなくちゃ。彼はいまこの瞬間も苦しんでるんだから。
　大好きな人に、ほかの人と付き合うと告げなければならない事実にいたたまれなくなって、顔を上げることができない。
「里穂」
　それからどれくらい経ったのか。俊介の優しい声が耳に

届いた。
　それでもうつむいたまま、返事もしなかった。俊介の顔を見たら気持ちが揺らぎそうだから。
　だって、ずっと好きだったんだもの。俊介のことだけを。
「里穂」
　もう一度繰り返す彼は、数歩足を前に進めて私の目の前までやってくる。
　視界に俊介の赤いスニーカーが入るだけで、胸が張りさけそうに痛い。
　肩に手が触れたので驚いて顔を上げると、熱のこもった視線と絡まりそらせなくなる。
「里穂、俺……」
　彼はそう口にしたけれど、それから先は言わなかった。
　ただ、悔しそうに唇をかみしめて顔をゆがめるだけ。
　なにを言おうとしたのかわからないまま、時は過ぎていく。
　俊介の瞳(ひとみ)に私が映っているのを見つけてしまい、ますます苦しくなる。
　本当はずっと映っていたかった。でも、稔から離れるわけにはいかない。
　そんな選択、私にはできない。
　俊介は肩に置いた手に力を込め、なぜか私を抱きよせる。
「稔を、頼む」
　そしてどこか悲しげな彼の声が聞こえたとき、私の初恋は完全に終わりを迎えた。

翌日は曇り。だけど、体力が落ちている稔にとっては暑すぎるよりよかった。
　私は朝メッセージを送り、体調が悪くないことを確認して家を出た。
　今日は俊介には連絡しない。ふたりだけのデートだ。
　昨晩はよく眠れなかった。
　初めての彼氏ができたというのに、それと同時に大好きな人には手が届かなくなった。しかも自分でその道を選んだというどうしようもない現実に、ずっと頭を抱えている。
　でも、稔が悪いわけじゃない。彼は必死に戦っているだけ。
　私は彼の生きる希望になりたい。
「稔、おはよー」
　朝10時半。俊介のことは頭から追い出して笑顔を作り稔の家に行くと、もう着替えを済ませて待っていた。
「おはよ。あれ、俺なんか変？」
　私がじっと見つめすぎたからか、首をかしげている。
「ううん。私服姿の稔が久しぶりで、うれしくて……」
　病院ではいつも決まった病衣かパジャマだったので、稔が元の場所に戻ってこられたんだと感じた。
「あはは、そんなことか」
　彼が声をあげて笑っているのがうれしくてたまらない。
「ね、どこ行く？　近場がいいよね」
　思えば稔とふたりで出かけるのは初めて。俊介とはときどきあるんだけど。

「うん、ごめん。遠くはちょっと無理かも」
「稔。もうこれから謝らないって約束して。私、稔と一緒に行けるならどこでもうれしいんだよ」
　そう伝えると「サンキュ」と微笑んだ。
　稔のふらつきはずいぶんよくなっている。入院中もトイレまで歩いていたが、最初の頃はどこか危なっかしく、常に横でサポートが必要だった。だけどいまは、ゆっくりならまったく問題ない。このまま治ってくれたらどれだけうれしいか。
　それから稔の提案で学校に行くことになった。
　まさかの行き先に驚いたけど、彼が思い出の場所を目に焼きつけようとしているように感じてドキッとした。そんな覚悟はしてほしくない。
　学校が見えてくると、稔は目を大きく開いている。
　彼の視界はぼやけているらしく、これからもっと見にくくなる可能性があるらしい。
　稔がふと足を止めるので疲れたのかもしれないと見上げると、遠くを見つめたまま動こうとしない。不思議に思ってその視線をたどると、野球部が練習をしているグラウンドの片隅で人影が動いていることに気がついた。
「アイツ……」
　それは俊介だった。今日は陸上部の練習は休みなのに、ダッシュを繰り返している。
　彼が走るレーンの横にはなぜかハードルが並んでいる。俊介は稔とちがってハードルが苦手で、練習でも跳んだ

ことがないのに。
　もしかして……。
「俊介、稔と一緒に走ってるんだ」
　もしかしてじゃない。絶対にそう。
　俊介の優しさを目のあたりにして、心が悲鳴をあげる。私はそんな俊介が好きだったから。
　だけど、もうそれを口にすることは許されない。
　こみあげてくる涙を必死にこらえながら私がそうもらすと、稔は「嘘だろ……」と声を震わせている。
　俊介にとって稔は、種目はちがってもよきライバルで、切磋琢磨できる親友。
　だから稔が走れなくても、きっといつも一緒に練習していたいんだ。
「俊介ね、稔のぶんも走るって言ってた。稔が走れなくて悔しい気持ち、俊介が一番わかってるんだよ」
　あんなケンカをした稔に、こんなことを言っていいのかためらいはあった。
　だけど、稔はひとりじゃない。いつも隣を伴走している俊介も、私もいるんだとわかってほしい。
「そう、だね。俊介は昔からそういうヤツだった」
　やっぱり、稔だって俊介に全面的な信頼を寄せている。あのときは、弱音も吐けるような近い存在だったからこそ、心ない言葉を口にしてしまったんだろう。
「俊介も私も、あきらめてないよ」
　２年生存率がわずか10パーセント。死に至る確率が高い

病だと科学的にはデータが出ているけれど、あきらめたくないし、あきらめられない。
　それなら稔が初めて克服(こくふく)した患者になればいい。
　私も俊介も、本気でそう思っている。
「俺は幸せなんだな」
　俊介を目で追う稔は、しみじみとそうつぶやく。
「脳腫瘍になって……最悪の人生だと思ったけど、里穂がそばにいてくれて、俊介も俺と一緒に走ってる」
　いまの状態を『幸せ』なんて、強がりなのかもしれない。どれだけまわりのサポートがあったとしても、私が稔の立場なら死の恐怖には打ち勝てない。
　だけど、彼に少しでも思いが届くのなら、気持ちを奮いたたせて生きることに必死になってほしい。
「そうだよ、ずっと一緒にいる」
「うん」
　彼はうなずき、私の手を握った。
　いままでも手を引っぱられたことはあるけれど、恋人としてこうしてつないだのは初めてだ。
　その手が俊介の手ではないことが、本当はつらい。
　でも私は、稔と進むと決めたんだ。
『俊介、バイバイ』
　心の中でそうつぶやき、稔の手を握り返した。
　それから３週間。夏休みまっただ中。
　部活はあるけれど、稔との時間をたっぷり確保できるようになってときどきデートもしている。

とはいえやっぱり無理はできず、学校より遠くへは行ったことがない。あの日も俊介の姿を見てすぐに帰ったが、稔は疲れてそのあとすぐに寝こんだ。

でもいい気分転換にはなっているようで、稔の気持ちが前を向いているように感じる。だから、お見舞いに行って顔色がいいときは、近くをゆっくり歩いて散歩することにしている。

俊介とは毎日一緒に部活に行くけれど、以前のようにおしゃべりを楽しむということはなくなった。相変わらずラッシュの電車では私をガードし、私の悪口を口にする女子からは守ってくれる彼だけど、一定の距離を保っている。

たぶん稔に気を使っているんだと思う。

稔だって元気になって学校に通いたかったはずだ。

医師から、部活は無理でも一時的に登校できるようになるかもしれないと言われ夏休み明けの復帰を目指していた。でも、1日を通して体調がいいという日はめったになく、どうやら難しそう。

それができないのに私たちだけはしゃぐ気にはなれないし、なにより私は稔の彼女なんだから、俊介と必要以上に仲よくはできない。

「俊介、あと3本。がんばって」

今日の練習はダッシュざんまい。短距離の選手はきつい全力ダッシュを次々とこなしていく。

稔と一緒に彼の練習を見かけたあの日。稔の思いも一緒にインターハイに持っていくつもりなんだと感じた。

だけど、先日の大会ではごく平凡（へいぼん）なタイムに終わり、ここ１週間くらいは彼の鋭い眼光が鳴りをひそめている。今日もダッシュのタイムはあまりよくない。
「俊介、体調悪い？」
　稔のときに気づけなかったので、私は少しナーバスになっていた。
「いや。調子が上がってこないだけ」
　俊介はそう言いのこして、もう１本ダッシュを始める。
「関戸くん、タイム伸びてこないね。一時期はすごかったのに」
　多香美が私に話しかけてくる。
「そうだね。故障ではなさそうだけど」
　彼の走る姿をもう何年も目の前で見てきた。どこかケガをしてかばうような走り方をすればすぐにわかるはずだけど、それもなさそう。
「疲れがたまってるのかな？」
「そうかもしれないね」
　そう返事をしながら、俊介の走る姿を見つめていた。
「かもしれないって……。ケンカでもした？」
「えっ？」
　思いがけない突っこみに首をかしげる。
「里穂は関戸くんのことはなんでも知ってたじゃない。ちょっとタイムが出ないと『今日はおなかの調子が悪いんだよ』とかすぐに理由を教えてくれたのに」
　そう言われるとそうだ。

その調子の悪さが、冷たいものを食べすぎてなのか、風邪気味でなのかまで知っていた。
　それなのに、疲れているのかどうかすらわからないなんて。
　それだけ稔のほうに目が向いているのもあるけれど、俊介との距離が離れてしまったんだと実感して、小さなため息が出る。
「ケンカはいつもだから」
「あはは。ホントだ」
　多香美はなんとかごまかせたみたい。
「糸井くんがいないと、ライバルがいないってのもあるかもね。いつ戻ってくるのかな」
　多香美が突然そう聞くので、ドキッとする。
　稔は長期入院中で、よくなり次第復帰すると伝えられているから。
「うん……。もう少しかかりそう」
「倒れてから結構経つよね。なんの病気なの？」
　多香美にしてみれば、ごくあたり前の質問だったにちがいない。でも、答えられない私は困って顔が険しくなった。
「ごめん。聞いちゃいけなかった？」
「ああっ、そうじゃなくて。倒れたときのことを思い出しちゃった」
「そっか。目の前で見てたんだよね……。ま、焦っても仕方ないか」
　多香美は納得したけれど、冷や汗が出た。この先、うま

くごまかせるだろうか。
　だけど、いつか復帰するという希望は捨てられないから、できる限り休部という状態を保ちたい。
　多香美と会話を続けながら、目は俊介を追っていた。
　どうしたのかな。
　聞きたいのに聞いてはいけないような。彼との間には一見透明(とうめい)だけど突きやぶれない壁のようなものができてしまったと感じている。
　ダッシュの最後の1本。激しい練習の終盤(しゅうばん)に差しかかり、俊介の息は見ているこっちが苦しくなるほど上がっている。
　それでも絶対にギブアップしない彼はスタート位置につき、走り始めた。
「あっ……」
　でも、40メートル付近で足がもつれ、思いきり転んだ。しかも、もうスピードに乗っていたので、彼は数メートル転がった。
「俊介！」
　その瞬間を目のあたりにした私は、あわてて駆けつける。もうすぐ次の試合が控(ひか)えているのに故障は痛い。
「ケガは？　どこか痛い？」
　なかなか起きあがらない俊介の全身を見まわしてチェックをしていると「クソッ」という苦しげな声が聞こえてきた。
「俊介、どうした？　ねぇ、どこが痛むの？」

稔が倒れたときの光景がフラッシュバックして不安になる。
　俊介まで倒れたら、私はどうしたらいいの……？
　半分パニック状態で泣きそうになりながら尋ねると、彼はようやく起きあがった。
　そして、悔しそうに顔をゆがめる。
「痛いよ。ここが痛い」
　彼は自分の胸をトントンと２度叩く。
「えっ、苦しいってこと？」
「苦しいよ。こんなに苦しいのは初めてだ。悪い。練習に集中できない。このままじゃ大ケガするから、今日は上がる」
　唇をかみしめて『苦しい』と発言する俊介だけど、もう呼吸は整っていた。こうしてすぐに脈拍が戻るのは、日々鍛えている証拠だ。
　しかも『こんなに苦しいのは初めてだ』と言うけれど、長距離走の練習のほうがきついはず。いつもそうこぼしていたし。
　ということは……どういう意味？
「あっ、膝をすりむいてる。手あてしなくちゃ」
　私も続いて立ちあがると、彼は手で私を制する。
「自分でやるよ。里穂は稔のことだけして」
　そう言われた瞬間、突きはなされたように感じて体が硬直して動けなくなった。
　稔の手を取ったのは自分の意志なのに。私、まだ俊介の

近くにいたいと思ってるんだ。なんて勝手なんだろう。
　だけど、この選択をしたことを後悔しちゃダメなんだ。
　稔が生きること以上に大切なことなんてない。
　そう自分をいましめながらぼうぜんとしていると、俊介は肩を落としたまま部室へと行ってしまった。

　それから1時間。片づけのために残っていた俊介と一緒に、帰りの電車に乗りこんだ。そして隣に座り、口を開く。
「膝、大丈夫？　無理しないでね」
　稔のように倒れたら……と不安でたまらない。
「俺の心配はいらない」
　また突きはなされた。
　私が稔と付き合うと決めたことに怒っているの？
　3人の関係を崩したから？
　俊介は無表情のまま、それ以上なにも言わない。こんな顔をしている彼を見たことがなくて、胸がチクチク痛んだ。
　稔の告白を受けいれるということが、これほどまでに俊介との間に壁を作るとは思ってもいなかった。
　俊介はこれからもずっと隣に寄りそってくれるなんて期待した、私の考えが甘かっただけ。いままで通りにいくわけがないのに。
　彼に"それ以上聞いてくるな"という線を引かれた気がして、それからは私も黙っていた。
　そして家の最寄り駅の改札を出たあと足を止める。
「今日も行くの？」

「うん」
「そっか」
　最近は毎日ここで別れて、帰宅する俊介と少し距離を置きながら稔の家へ向かう。
「それじゃ、また明日」
　口角を上げてあいさつをしたあと一歩を踏み出すと、俊介に手首をつかまれてハッとする。
「里穂」
「どうしたの？」
　背の高い彼を見上げると、めずらしく眉間にシワがよっている。
「なんでもない。気をつけて」
　それから俊介は意味深な言葉をつぶやいたあと、走りさった。
　握られた手首がじんじんと熱い。俊介への想いは捨てなくちゃいけないのに、そんなに簡単にはできない。
　だって、幼い頃からずっと好きだったんだよ？
『俺にしとく？』と冗談で言われたとき『うん』と答えていたら、どうなっていたんだろう。あのとき、いっそ告白してフラれたほうがよかったのか、な。
　もう二度と彼への気持ちを口にできないという状況がつらくてたまらない。
　胸にこみあげるものを感じながらも、自分で頬をパンパンと２回叩いて笑顔の練習をする。
　いまは稔。稔にありったけの愛を注いで、奇跡を起こす

の。
　私はもう一度、笑顔を作りなおした。

　稔の家のチャイムを鳴らすと、すぐにおばさんが顔を出した。
　いつもは『いらっしゃい』とニコニコ顔で迎えてもらえるのに、今日は様子がおかしい。口を真一文字に結んでいる。
「おばさん、どうかしました？」
「今朝から稔の機嫌が悪くて。激しい頭痛で起きて、吐き気もあったの。おまけに薬を飲んでから口をきかなくなって。里穂ちゃん、あたられると申し訳ないから今日は帰って」
　俊介と大げんかをした日のことを気にしているようでおばさんはそう言うけれど、首を振る。
「あたられてもいいんです。それで稔の心の負担が少しでも減るなら、むしろそうしてほしい」
　私には、精神的な支えになることしかできないから。
「里穂ちゃん……。ごめんね。稔、里穂ちゃんに会えるのを本当に楽しみにしていて。病気の告知を受けてから笑顔を見せるようになったのも、里穂ちゃんのおかげ。私たちも里穂ちゃんに甘えているってわかってる。でも、ほかに手立てが……」
　おばさんは申し訳なさそうに頭を下げるけど、ここに通っているのは仕方なくでもなんでもない。

「おばさんが沈んでいると、稔にうつりますよ。お部屋に行ってもいいですか？」
「ありがとう。もちろんよ」
　私は稔の部屋になった１階の洋室のドアの前で、深呼吸してからノックをした。
　いつもは「はい」と返事があるのに、しーんとしている。
「稔、私。入るね」
　寝ているかもしれないと思ったので小声で声をかけてから静かにドアを開けると、彼は目を開けている。でも、私をチラッと視界に入れたあとそらしてしまった。
「頭痛がひどかったんだって？　いまはどう？」
　ベッドの横まで歩みより尋ねたけれど、なにも言わない。
　彼が話したくなるまで待とうと思い、私はそのまま黙って座っていた。すると稔はときどき私に視線をよこしながら、なにかを考えているようだ。
　そして意を決した様子で、口を開いた。
「つかめなかった」
「なにを？」
　聞き返すと彼が手を伸ばしてきて、ベッドの上に置いていた私の手を握ろうとした。でも手を空中でさまよわせ、私の腕に触れてから握った。
「朝。母さんが薬を飲むためにマグカップに水を持ってきてくれたんだけど、その取っ手をつかんだつもりだったのに、ちがってた」
　もともと内斜視がわかった時点で、物が二重に見えてい

るはずだと医師が言っていた。だけど、稔がそれを訴えないので追及はしないでいる。

　でも本当はその症状が出ているんだろう。いや、いままではつかめないということはなかったので、ひどくなっているのかも。

「そっか。それなら私が手伝うよ。ほら、こうして稔の手をつかんで」

　彼の手を今度は私がつかみ、頬に触れさせる。

　大丈夫だと伝えたくてにっこり笑ってみせたけど、彼の表情はさえないままだった。

「やっぱり無理なんだ。治すなんて無理。毎日できないことが増えていく。頭痛が激しくなる」

　彼の悲痛な訴えに、胸が張りさけそうになる。

　放射線治療でぐんと回復した時期はもう過ぎた。これからは悪化していく可能性が大きい。

　それでもいったんは回復したので、私たちはこのまま治っていくかもしれないと錯覚していた。それはきっと稔もだろう。

　だけど、改めて現実を突きつけられたんだ。

「毎日恐怖におびえて生きているくらいなら、死んだほうがましだ」

　彼は目に涙をいっぱいため、声を震わせる。

　そんなこと、言わないで。私を置いていかないで――。

　稔の不安な気持ちがダイレクトに伝わってきて、息が苦しい。

私もまた泣きそうになったけれど、ぐっとこらえた。
「死んじゃイヤ。私のために生きて。私は稔に生きてほしいの。ううん、一緒に生きていくの」
　彼の手を強く握りながら伝える。
　こんな言葉、気休めにもならないだろう。それでも言わずにはいられない。
「無理だよ、そのうちなにもできなくなって死んでいくんだ。未来のある里穂にわかるわけない」
　彼は悔しそうに唇をかみしめる。
　たしかに、私だってあと数カ月の命だと宣告されたら、前向きになんてとてもなれない。
「ごめん。稔の気持ちは全部はわからないかもしれない。でも、一緒に生きていきたいの」
　正直に気持ちを吐き出すと、彼は手で顔を覆った。
「俺、また……。俊介のときと同じことを里穂にまで……」
「いいの。稔が混乱しているのはよくわかってる。俊介だって怒ってないし、私も」
　反省なんかしなくていい。むしろそうやって気持ちをぶつけてきてほしい。
　話すことで楽になることもあるはずだから。
「里穂。俺のこと、嫌いにならないで」
　彼は涙をポロポロこぼしながら、苦しげな顔をする。
　そんな稔の姿に目頭が熱くなり、私は思わず彼を抱きしめた。
「なるわけないでしょ？」

やっとのことでそう返すと、彼はおえつをもらす。

こんなにがんばっている稔を、どうしたら嫌いになんてなれる？

稔が感じている恐怖は、私には想像もつかないほどのものなんだろう。

『死んだほうがまし』というのも、きっと本音。それほどまでに不安が大きくて、怖くてたまらないんだ。

私に背を向けて涙をこぼし続ける彼の背中を、ずっとさすっていた。俊介がそうしてくれるように。

だけど心の中では、こうして１日単位で病気が進行していることにがくぜんとしていた。退院した直後は学校まで行けたのに、最近は近所を１周するので精いっぱい。そして、ここ数日はずっとベッドに横たわったまま。

彼と過ごせる時間がどんどん短くなっているのを感じて、鳥肌が立つ。

自分の体の変化に気がついている稔は、それ以上の恐怖に襲われているはず。

少しでも長く彼のそばにいよう。

もしも話せなくなるときがきても、その命をつなぎとめられるならずっと手を握っていよう。

そんなことを考えながら、私はとある決意をしていた。

翌日、練習の合間の昼休憩。私は俊介を人気のない体育倉庫に呼び出した。

「里穂、どうかした？」

俊介は不思議そうな顔をして首をかしげる。
「……うん」
「まさか。稔になんかあった？」
　彼は身を乗りだすようにして、声を大きくする。
　私が３人の関係を壊（こわ）したことを怒っているかもしれない。でも、彼が稔の心配をしているのはよくわかっている。
　気を使っている俊介は、私と稔が付き合いだしてからは顔を出すことも減っているけど、私と同じように胸を痛めているのが伝わってくる。
「稔、あんまり状態がよくないの。最近は寝てばかりで、起きあがるのも大変で」
「そんなに……」
　少し前まで散歩ができていたと知っている彼は、肩を落とした。
「それで、私……さっき退部届を出してきた」
「はっ？」
　俊介は目を丸くしている。
　これを伝えるのがどれだけつらいか。
　幼い頃から彼の走る姿をそばで見てきて、私は走れなくても伴走しているような気になっていた。
　だから彼が全国大会を目指すと決めたとき、その目標を達成する瞬間を隣で見ているのが当然だと思っていた。でも、それをあきらめるんだ。
　一緒に全国を目指したかった。全国大会出場を決めた喜びを一番近くで分かちあいたかった。

だけど、もうできない。
　私には俊介ではない彼がいて、最優先すべきは稔のことなんだから。
「稔、死の恐怖と戦ってる。少しでも長く一緒にいたいの。私にできることはそれくらいしかないから」
　夏休みも部活がなければ学校に来なくて済む。2学期になってからも、放課後の部活がなくなれば、あと2、3時間は長く稔のそばにいられる。
「本気？」
　私がうなずくと、彼はあからさまに顔をしかめる。
　残念だと思ってくれているの？　もう私とはかかわりたくないんじゃと勘ぐっていたけれど、そうじゃないの？
　もしマネージャーを辞めてほしくないと思っているんだとしたら、すごくうれしい。
　だけど、この決断を曲げることは許されない。
「里穂、俺には辞めるなって言っただろ」
「うん。でも選手の俊介とマネージャーの私とではちがうでしょ？　マネージャーは多香美もいるしほかの人でもできる。でも、俊介は陸上部の大切な戦力なの」
　最近タイムが伸びなやんでいるとはいえ、短距離の選手の中では3年の先輩を超えるタイムを持っていて期待されているんだから。
「俊介は、稔の気持ちを背負って走ることができる。お願い、稔のためにも俊介は辞めないで」
　稔と学校を訪れたあのとき、ハードルを並べて見えない

稔とともに練習を積んでいた俊介なら、稔の無念を晴らしてくれるはず。
「クソッ。なんでこんなことに……」
　彼は頭を抱え、切なげな声でつぶやく。
「マネージャーは辞めても、俊介のことは応援してる。ずっと一番のファンでいる。お願い、俊介。わかって」
　私は頭を下げることしかできない。
　彼が陸上を辞める日が来るまでずっとサポートするつもりだったし、走り始めた頃にそう約束もした。それを果たせないままこうして身を引くことになったのには罪悪感があるし、なにより私がつらい。
　でも、稔の苦しさに比べたら、こんなことはなんでもない。
「お前がいないと、踏んばれないんだよ」
　彼が吐きすてるように言う。
　ずっと彼の全力の練習を目の前で見てきた。見ているこっちが心臓が止まりそうなほど追いこんでいることもよくあるし、走り終えた瞬間に倒れこんでしばらく起きあがれないこともある。
　まさに命がけで練習に取りくむ姿に、いつも心が震えていた。
　私だってそばで見ていたいよ。
　でもね、稔を放っておける？
「ごめん。わがままだな」
　俊介は眉根を寄せる。

稔のこと以外で優先すべきことなんてないことを、彼だってわかっている。
　俊介は私にまっすぐなまなざしを向けたまま、そらそうとしない。
　ドクドクと速まる鼓動のせいで胸が痛い。
「里穂」
　視線を絡ませて私の名前を口にする俊介は、困った顔をした。だけど、それからはなにも言わない。
　好きな人の苦しげな表情を見ているのはつらい。でも、私にはどうすることもできなかった。
　私と彼の間にできた壁を突きやぶることはできない。手を伸ばせば届くところにいるのに、許されない。
　絶対に揺らいじゃダメ。神様が見てる。
『俊介との未来を夢見たりしないから。神様、稔を助けて』
　胸に手をあてて心の中で唱える。
　俊介は険しい表情を隠そうとせず、なぜか拳を震わせていた。
　そして一瞬、なにかをあきらめたかのような苦々しい顔をして、なにも言わずに出ていく。
　後味の悪い時間だけが残った。
　俊介がなにを言いたかったのかわからない。そして、ずっと同じ時を過ごしてきた彼の心の中が、これほどまでに読めないことがショックだった。
　私たちはずっと一緒だった。両親に言えない秘密も俊介には言えたし、困ったことがあっても必ず彼が助けてくれ

た。
　そんな俊介が、どんどん離れていく。それがつらくてたまらない。
　だけど、ほかに選ぶ道なんてなかった。

　その日、マネージャーを辞めたことを打ちあけると、稔は何度も首を振り「嘘だよね？」と驚愕の表情を見せる。
「ホントだよ。私、稔ともっと一緒にいたいの」
　微笑みそう伝えると、彼が私のほうに手を伸ばしてくるので握った。
「俺がわがままだからだよね」
　俊介と同じことを口にするので胸がチクンと痛む。
　誰もわがままなんて言ってないのに。
「わがまま？　もしそうだとしたら私のわがままだよ。部活に行っていると、ここにいられる時間がちょっとしかないもん。それじゃあ私が物足りないの」
　こんな言い方をしたら、稔の時間に限りがあると聞こえないか心配だった。
　だけど、症状が進行しているいま、できる限りのことをしたい。
　この先、まったく歩けなくなるかもしれない。目が見えなくなるかもしれない。話せなくなるかもしれない。
　彼の腫瘍は人としての大切な機能を担う部分にあるので、いつそうした症状が出てもおかしくはない。実際足もとはふらついているし、目も見えにくくなっている。もし

かしたらそのうち呼吸も……。
　考えたくはないけれど、それが現実だった。
　部活に行って彼との時間を削っていたら、きっと後悔する。いまはほんの少しでも長く、稔と一緒に過ごしたい。
「俊介は？」
　稔の口から俊介の名前が飛び出してドキッとする。
　退部すると話してから、ひと言も話していない。
　小学生の頃から、どちらかが風邪でもひかない限りは毎日一緒に登下校を繰り返してきた。途中から稔が加わって３人があたり前だったのに、彼が病に倒れてふたりになり、とうとうひとりになってしまった。
　それが寂しくてたまらない。ふたりのいない空間がこんなに冷たいとは知らなかった。
　そして自分がどれだけ俊介と稔に頼ってきたのかも知った。
　でも、こうするしかなかった。
「部活だよ」
「それはわかってる。納得したの？」
「……うん。稔のそばにいたいからって話した」
『納得した』わけじゃない。退部を相談したのではなく、一方的に退部したことを告げただけ。
　でも、絶対に俊介はわかってくれると信じてる。
「そう……。ごめんね、里穂」
「だから、私が稔のそばにいたいんだってば」
　クスクス笑ってみせると、稔もようやく表情をゆるめた。

それから3週間。2学期が始まったものの、部活を辞めたおかげで稔と過ごす時間が増え、彼の笑顔がまた戻ってきた。

だけど俊介はまったく調子が戻らず、夏休み中にあった試合もベストに遠く及ばない散々な結果に終わった。

よく笑うようになった稔は元気を取りもどしてきた一方で体の自由がきかなくなってきていて、いつ再入院と言われるのかおびえている。

しかも脳の腫れを抑えるため強い薬の使用を開始したため、この先はその副作用に苦しむ可能性があるということだった。

稔は1日のほとんどを横になって過ごし、おしゃべりが私たちのデートになった。

「今日ね、帰ろうとして昇降口を出たら、告白の現場に遭遇しちゃった」

「えっ、誰と誰の？」

「3年の先輩だよ。サッカー部の先輩が、生徒会の美人書記に」

こんな他愛もない会話が、いまの私たちには一番和む。

「あっ、あのきれいな先輩ね。で、結果は？」

「たぶん、OKだったんじゃないかなぁ。笑ってたから」

「なんだ。そこ、ちゃんとチェックしてこないと」

彼はなんだか残念そう。

「他人の告白をそんなにじっと見られないでしょ」

私が言うと稔はプッとふき出す。

「それもそうだ。俺だったら恥ずかしいわ」
　稔はにこやかな笑みを見せ、手を伸ばしてくる。でも思うところに届かず手が空をさまようので、私がそれをつかまえて握った。
「里穂に好きって言うところ、誰にも見られたくない」
　唐突(とうとつ)にそう口にする彼は、私の手を強く握る。そして懸命に視線を合わせようとしているのに気づき、私も見つめた。
「ねぇ、里穂。もっと近くで顔見せて」
　彼との距離は1メートルほど。それでもぼやけているのかもしれないと、ゆっくり顔を近づける。
「好きなのに、はっきり見えなくなってきた……」
　稔の悲しい告白が、私の胸をえぐる。
　少しずつできないことが増えていく状態が、どれだけつらいか。
　彼は以前『毎日恐怖におびえて生きているくらいなら、死んだほうがましだ』と叫んだことがあるけど、その気持ちがわかる。そのくらい過酷な運命を背負っているんだ。
　神様、どこにいるの？　お願い、稔を助けて！
「私がしっかり見てるよ」
「うん」
　彼は悲しげな表情を浮かべ、うなずいた。
「里穂。キス、したことある？」
　突然の質問にたじろぐ。
　なにも返せないでいると、彼は私の腕をたどって頬へと

手を滑らせたあと、顔を近づけてくる。
　キス、される——。
　そう思った瞬間、バクバクと暴れだした心臓に気がついて一瞬ひるむ。だけど受け入れなくちゃと目を閉じた。
　それなのに、いつまで経っても唇は触れない。
　ゆっくり目を開けると、彼は顔をゆがめて離れていった。
「失敗。唇が見えないや」
　それはきっと嘘。見えなくても頬に触れていたので、どこに口があるかはだいたいわかったはずだから。
「ヤバ。カッコわるっ」
　バツの悪そうな顔をしてそう言うけれど、遠慮したのかもしれない。
「も、もう！」
　私は転がっていたクッションを抱きしめ、顔を隠した。
　真っ赤に染まっているのが恥ずかしかったのと……一瞬でも躊躇したことに気づかれたくなかったから。
「あはは。また今度」
　彼はそうおどけたけれど、どこか切ない声だった。

　それから3日。脳の腫れを抑えるために使っている薬剤の影響で、彼の顔はパンパンにむくみ、つらそうだ。
「里穂。散歩に行こう」
「えっ、もっと調子がいいときにしない？」
　今日は日差しも強くなくほどよく風も吹いていて、出かけるには最高の天気。でも、稔の状態がよいとは決して言

えない。
「もっといいときが来るかわからないから」
　その発言に驚いて目を見開く。でも『そんなわけがないでしょ？』とも言えずに、ただうなずいた。
　もしこのチャンスが本当に最後になったら……行かなかったことを絶対に後悔する。
　動揺ばかりの私より、稔のほうがずっといまの状況を受けとめている。
　散歩と言っても歩くのは大変なので、最近使い始めた車いすの出番だ。
　おばさんに手伝ってもらい、稔を車いすにのせ、さっそく出発。
「ねぇ、どこに行く？」
「ミルクレープを買いに行こう」
　もしかして、あの約束をずっと気にしていたの？
「了解」
　稔が倒れたとき驚きはしたけれど、すぐに復活して元通りの生活ができると思っていた。一緒に笑いころげたり、インターハイに向けて部活に励んだり……。そんなあたり前の日常がもう取りもどせないなんて、信じられない。
　ミルクレープの約束も、実現するまでにこれほど時間がかかるとは思ってもいなかったけど、体を思うように動かせなくなったいまでも稔が実行しようとしているのがうれしい。
「外の風が気持ちいい」

視力が落ちてよく見えていないはずの彼は、そのぶんほかの感覚で楽しんでいる。連れ出してよかった。
　最近、右耳の聞こえも悪くなっている気がする。右側から話しかけると反応しないことがある。
　だから私は車いすを押しながら、できるだけ左側にまわりこむようにして話を続けた。
「俺、この町に来て誰も友達がいなくて。公園で俊介に話しかけられて、うれしかったんだ」
「うんうん。あの頃から俊介は走るのが速くて、私とじゃ競争にならなくて相手を探してたの。そうしたら稔が現れて即ターゲット」
　思えば運命の日だった。あれから私たちは意気投合して、いまに至る。
「『おい、ちょっと走れ』って、いきなり並ばされてさ。ゴールがどこか聞く前に、里穂が『よーい、ドン』って」
「そうだっけ？」
　それはなかなかひどい。思わず笑みがこぼれる。
「けど楽しかった。走るのが好きだったわけじゃないのに、俊介と里穂が好きになって、いつの間にか毎日走ってた」
「陸上に引きずりこんだんだよね、私たちが」
　稔がもともと運動神経のいい男の子だったのでよかったけれど、運動が嫌いな子だったらと思うとぞっとする。
「そう。でも感謝してる。練習はバカみたいにつらいけど、風を切って走るのはたまらなく気持ちいい。それに、つらくても里穂がいつも励ましてくれたから」

「私？」
　たしかに励ましてはいたけど、大して役には立っていなかったような。
「うん。俺も俊介も、里穂のために走ってたって知ってた？」
「えっ」
「里穂が喜ぶ顔が見たくて、結構必死だったんだぞ」
　まさか……。
　でもそういえば俊介も、『俺がタイムを伸ばすたび、キラキラした顔で喜んでくれるヤツがいる』なんて言ったことがあった。やっぱり、私のことだったの？
「私のため？」
「うーん。正確にはちょっとちがうかな。里穂が笑うと、俺たちがうれしいからっていうのが大正解」
「そう、なんだ……」
「それなのに里穂は、なにも気づかないんだもんな。里穂のことだから、自分が俺たちふたりにくっついてると思ってたんだろうけど、ちがうから。俺たちが里穂にくっついてるんだよ」
　そんなふうに考えたことがなかったので、驚きすぎて声も出ない。
　中学のときも3人で一緒にいるとよくほかの女子から陰口を叩かれたし、高校に入ってからはあからさまに悪口を言われた。それはふたりの人気が高いからで、私みたいになんの取りえもないごくごく平凡な女子が、仲がいいことに嫉妬されているのはわかっていた。

それでも私は３人の関係が心地よくて、この居場所を手放せなかった。必死にふたりから離れまいとしていた。それが逆なんて……。たしかに事あるごとに、私を守ってくれてはいたけど。
「里穂。足止まってる」
「あっ……」
　彼に指摘されあわてて足を踏み出すと、ケラケラ笑われた。
　こんな穏やかな時間が続けばいいのに。この先ずっと。
　やがて駅前のケーキショップにたどりつくと、強い視線を感じてふと駅のほうを見つめる。するとそこには部活帰りの俊介がいて、数メートル先で私たちを見つめていた。
「里穂、どうかした？」
　稔も私と同じように駅の方角に顔を向ける。俊介に気がついたと思ったけれど、どうやら見えていないようでなんの反応もない。
　俊介は、私が部活を辞めてこうして稔と一緒に過ごしていることをどう感じているんだろう。
　少なくとも辞めると話したときは賛成しているようには思えなかったけど……。
　朝練や放課後の練習のある彼とは登下校も別だし、教室で顔を合わせても必要なことと稔の容態について以外は話さなくなったので、俊介の胸の内はわからない。
　そして、稔と付き合っていると知っている彼は、私たちの邪魔をしないようにとお見舞いに来ることもない。

だから、俊介が稔の姿を見かけたのは久しぶりのはずだ。
「ねぇ、里穂。帰りに俊介の家に寄れる？」
「えっ？　うん」
　呼べば声が届くところに、その俊介がいるのに。
「ガトーショコラって言ってたよね。届けてほしいんだ」
「稔……。もちろん」
　私たちの会話は俊介にも届いている。目が見えにくくなっていることは話してあるので、稔が自分に気づいていないこともわかってもいるだろう。
　それでも近づいてこようとしないということは、稔に会おうという気はないんだと判断して、ケーキショップの中へと進んだ。
　ケーキを買うだけだったけれど、稔との久しぶりの外出はとても楽しかった。
　毎日部屋の中に閉じこもっている稔も気分転換できたようで、穏やかな表情をしている。
「それじゃあ届けるね。今日はゆっくり休んで」
「ありがとう。お願い」
　私はガトーショコラを持って、俊介の家へと向かった。

　チャイムを鳴らすとすぐに俊介が出てきた。私が来ることがわかっていたからだ。
「上がって。いま、誰もいないんだ」
「でも……」
　稔と付き合うまでは毎日のように行き来していたのに、

ためらわれる。
「稔のこと聞きたいし」
「うん」
　病状については簡単に話してある。だけど詳しくはまわりに人がいるところでは話しにくい。
　私は素直に家に上げてもらった。
「里穂は食ってきた？」
「うん。稔もプリンを少し食べたよ」
　キッチンに行きそう話すと、俊介は麦茶を出しながらうなずく。
「座って。俺も食べるよ。せっかく稔が買ってくれたんだからね」
　このガトーショコラは、ただのケーキじゃない。稔の感謝の気持ちがたっぷりつまっている。それが俊介にもわかっている。
　皿とフォークを持ってきた彼は「いただきます」ときちんと手を合わせてから口に入れ始める。
　向かいに座った私は、出された麦茶を喉に送りながらその様子を見つめていた。
　するとケーキを半分くらい食べたところで、俊介が口を開く。
「歩くのはもう難しいの？」
「そうだね。家の中で数歩なら大丈夫だけど、倒れたら危ないし」
　車いすを使うようになったのはまだ最近のことだ。でも、

脚の麻痺は急激に進行している。
「目は？」
「はっきりと言わないからどの程度見えているのかよくわからないけど……。さっき俊介に気づかなかった」
「うん、わかってる」
　彼は顔をゆがめる。
「すごく近い距離じゃないと見えてないと思う。それと自分のしたいことと手の動きがうまく連動しないみたい。なにか物をつかもうとしても、つかめなかったり……」
　私がそう言うと、俊介は力なくフォークを皿に置いた。
「かなり進んじまったんだな……」
「そう、かもしれない。再入院もありえるって」
　私が正直に伝えると、俊介は頭を抱える。
「里穂は、ずっと稔のそばにいるつもり？」
「うん。できる限りそうしようと思ってる」
　俊介にこんなことを言わなければならないのはつらい。でも、稔の病状が深刻になればなるほど離れられない。
　もしも私が会いに行くことで、稔が少しでも笑っていられるなら──苦しい時間をごまかせるなら、そうしたい。
「それは、愛情？」
「えっ……」
　思いかげない指摘にドキッとする。
　私は稔の彼女なんだから『愛情』ときっぱり答えなくてはいけないのに、俊介を前にするとどうしても言えない。
　ダメだ、私。俊介への想いは封印したはずなのに、でき

てない。
　だって、こんなに近くにいるんだもの。簡単に忘れられるわけがないよ。
「ごめん。なに言ってんだろうな、俺」
　俊介は再びケーキを口に運び始める。
「うん、すごくうまい。すごく……」
　一口ひと口かみしめるように食べていく彼は、稔のことを考えているにちがいない。
　私たちはただ、稔のためになにができるのかと模索(もさく)していた。

3人の関係

それから1カ月。

俊介と学校で一緒にいることが減ったからか、先輩女子が「フラれたんだわ、あの子」と、ニヤニヤ笑いながら私に向かって吐きすてた。

こういう嫌味を何度も投げつけられてきたけど、決して慣れるものではない。

胸をひと刺しされたような痛みを感じながらうつむいていると、どこからか現れた俊介が私の隣にやってきて、これみよがしに肩を抱きよせ、目で威嚇(おど)した。

稔と付き合いだしてから距離が離れていた俊介が変わらず私を守ってくれたことに心を躍(おど)らせたけど、すぐにそれをいましめる。

私は稔の彼女なの。俊介に恋愛感情を抱くことは許されない。

「里穂。からかわれたらすぐに言って」
「うん」

それが彼と交わした久しぶりの会話だった。

俊介は稔を訪ねることはないけれどとても心配していて、部活の帰りに稔の家の付近をうろちょろしているのは知っている。

彼はときどき私と一緒に車いすで散歩に出かける稔を遠くからながめている。

散歩に行けない日ですら、窓の外に姿を見かけることもよくあった。

その日稔は頭痛がひどいと言うので外出をあきらめ、ベッドから空をながめて話をしていた。
「里穂」
窓の外に顔を向けたままの稔が、突然私の名前を口にする。
「うん。どうかした？　どこか痛む？」
「俊介、どうしてるかな」
「元気だよ。稔のこと、すごく心配してる。でもそれより稔のぶんも走るって、必死だよ」
本当は毎日のようにこの窓の向こうに来ているのに、稔に見えていないのは残念だ。
私が稔にそのことを伝えればいいのかもしれない。だけど、たぶん俊介は稔に気を使って私とふたりきりにさせるためにここに来ないんだから、言うべきかどうか迷った。
「稔、俊介に会いたい？」
それでも、もし彼が会いたいと言えば俊介に頼もう。そう思い尋ねる。
「俊介、きっと遠慮してるよね。俺が里穂のことをひとり占めしちゃったし。3人の関係を崩したのは俺だから、そんな簡単に会いたいとは言えない」
稔にそんな気持ちがあるとは知らなかった。だけど、本当は会いたいんだ。

自分のことで精いっぱいなはずの稔が、こうして俊介のことを気にかけているのがうれしい。
　3人の関係は本当に崩れちゃったのかな。
　たしかに、稔が倒れる前のバランスを保った関係ではなくなった。
　だけど、いまでも私たちは透明の糸でつながれていて、決して切れたわけではないと信じたい。
　俊介に頼もう。稔に会ってほしいと、頭を下げよう。

　翌日、私はさっそく行動に移した。
「俊介、話があるの」
　昼休みに彼のところまで行き話しかけると、一瞬眉をひそめる。
「稔、どうかした？」
「ううん。ちょっと……」
　場所を移したくてドアの外に視線を向けると、彼は気がついて一緒に教室を出る。
　私は人気のない中庭まで行き、口を開いた。
「稔に会いに行ってほしいの。お願い」
　頭を下げると、俊介は「里穂？」と驚いたような声を出している。
「まさか、悪いの？」
「いいとは言えない。だけど稔、必死に戦ってる。俊介のことも気にしてて、たぶん会いたいんだと思う。お願い、俊介」

もう一度頭を下げると、彼は私の肩に手をかけて顔を上げさせた。
「頭なんか下げるな」
「でも……」
「稔は大切な仲間だ。稔が会いたいのならもちろん会いに行く」
　返答にホッとして気がゆるんだのか、瞳が潤んできた。
　本当はひとりで稔を支えるのが怖くてたまらない。
　稔のためによかれと思って行動していることが正しいのかまったく自信がなくて、あとで後悔するんじゃないかと不安ばかり。
　稔のことに集中しようとマネージャーを辞め、俊介とも距離を置いておいていまさらだけど、やっぱり彼がそばにいると心強い。
「泣くな。お前に泣かれると弱いんだ」
　俊介は手を伸ばしてきて私の頬に伝う涙をそっとぬぐい、困った顔をする。
「ごめん」
「謝るのも禁止」
　彼はその手で私の頬を包みこみ、真剣なまなざしを注ぐ。
　すると、心臓が暴走を始めて手がつけられなくなる。
　ダメなのに。稔のことだけ考えなくちゃ、ダメ。
「俺が稔もお前も守る。どうしたらいいのかわかんないけど、絶対に守るから。だから泣くな」
「俊介……」

やっぱり私たちの絆は切れてなんかいなかった。
　大きくうなずき手で涙をふくと、彼はいつもしていたように頭をポンと叩いた。

　その日の放課後。俊介は部活を休んで稔の家へと向かった。
　ふたりだけでしたい話があるかもしれないと、私はいったん家に帰って俊介を待つことにした。
　俊介が稔の家に行ってから1時間ほどして、俊介から《出てこられる？》とメッセージが入った。
　どうやらもう家の前にいるらしい。
「俊介！」
　階段を駆けおり玄関のドアを勢いよく開けると、俊介がビクッとして目を丸くしている。
「お前さぁ、スマホ落としそうだっただろ。おしとやかって言葉を知らない？」
「あっ、ごめん」
　俊介に盛大なため息をつかれたけれど、以前のようなかけあいが戻ってきて頬がゆるむ。
　最近彼と話すときは、いつも眉間にシワが寄っていたからだ。
　私が謝ると彼はクスッと笑みをもらす。その様子では、稔とのひとときが楽しかったにちがいないと確信して安心した。
「稔、ずいぶん痩せちゃってた」

「……うん。あんまり食べられなくて。味もよくわからないみたいだから、食欲がわかないんだと思う。でも、私が持っていくゼリーはなんとか食べるの」
「そっか。愛の力は絶大だ」
　俊介にそんなことを言われると胸が痛い。だけど、稔が食べてくれるならそれでもいい。
「昔話してきた。けど、里穂の話ばかりなんだよ。練習の手を抜いてたら里穂にバレて説教食らったとか、転んで思いきり膝をすりむいて泣きたいくらいだったのに、里穂が先に泣くから涙が引っこんだとかさ」
「そんなことあったっけ？」
「うん、あったよ。で、結論としては俺たちの間には里穂がいつもいて、いままでもこれからも必要なヤツだってこと」
　なにその結論……。
「そんな話をしてたの？」
「そう。直接聞きたかった？」
「い、いいわよ……」
　なんだかくすぐったくて聞いていられなさそうだ。
「稔、里穂にすごく感謝してる」
　次に俊介はおどけた調子を封印して、声のトーンを落とす。
「稔が？」
「あぁ。里穂は生きる希望だって。里穂のために生きていたいって。たく、他人の前で堂々と。恥ずかしくないのか、

アイツ」
　ぶつくさつぶやく俊介だけど、その瞳はうっすらと潤んでいる。
「一緒に走りたかった。もう一度、稔と一緒に……」
「……うん」
　苦しげな声を振りしぼる俊介は、間近で稔の姿を見て、病状が思わしくないとはっきり知ったんだ。
　二度と稔は走ることができないと。
　車いすの様子を少し離れて見ていた俊介も、もう走れる日が来ることはないとうすうすわかっていたはず。でも今日、その現実を受けとめるしかないと覚悟したんだろう。
　もう視線は簡単には合わないし、ふとした瞬間に意識が遠のいて焦ることもある。いまは呼びかければすぐに戻ってきてくれるけど、いつか意識が戻らなくなるかもしれないという不安は常にある。
「稔、退学するって」
「嘘……」
　それは聞いていなかったので驚いた。
「籍(せき)があっても復帰できない。治療費もかかるのに、学費まで負担させられないって。こんなときにまで気配りできるアイツは最強だよ」
　稔……。どんな気持ちで退学を決めたんだろう。
　学校に復帰してまた走ることが彼の目標だったはずなのに。それをあきらめなければならない稔のことを思うと、視界がにじんでくる。

稔は……告知を受けたばかりのときは俊介に暴言も吐いたし、両親を困らせるようなことも言っていた。だけど、本当は優しすぎるくらい優しい男の子。
　体が自由に動かせなくなったいまでもまわりに気を使って、我慢もしている。
　だからせめて私には言いたいことを言ってほしいのに、それすらたぶん控えめだ。
「俺が会いに行ったら、里穂に悪いことをしたと言ってた」
「どうして？」
「俺に会いたいオーラが出ちゃってたかなだってさ。里穂が俺に頼んだんだろって、お見通しだったよ」
「稔……」
　バカだよ、稔。そんなことを気にする必要なんてないのに。
　私は稔の役に立てるのがうれしくてたまらないのに。
「俺たちの仲間は、そんな優しい男なんだな」
　小さくうなずくと、こらえきれなくなった涙がこぼれていく。
「稔と約束したんだ」
「なんの？」
　手で涙をぬぐいながら尋ねると、彼はキリリと表情を引きしめて口を開く。
「インターハイに必ず出る。稔を連れていくって」
「俊介……」
「その代わり稔にも約束させた。それを見届けるまで絶対

に死なないって」

　俊介がそう言った瞬間、私は我慢できなくなり、口を押さえて泣きくずれた。

　だって……裏を返せば、それほど死が近いところにあるということだから。

「里穂」

　すると俊介は私にハンカチを差し出す。

「稔は約束を守るよ。嘘ついたことないだろ？」

　私はそれを受けとり、大きくうなずいた。

　それから３日。

　しばらく記録が低迷していた俊介は練習に身が入り始めたらしく、多香美が『火がついたみたいだよ』と教えてくれたのでホッとした。

　そんな中、学校でも稔の退学がみんなに知らされた。大きなざわつきは、稔が愛されていた証拠だ。

　稔は私と俊介とは別のクラスなのに、うちのＥ組でもこれだけの動揺。稔がいたＣ組ではもっと大きな声があがっているにちがいない。

「糸井、よくならなかったの？」

　休み時間に俊介のまわりには男子が一斉に集まっている。私たち３人が仲がいいことを知っているからだ。

「ちょっと治療が長引くみたいなんだ。それでいったんは退学。そのうち大検でも受けるつもりだろ」

　俊介はあえて軽い言い方をしている。それは稔が友達に

心配をかけたくないはずだという気づかいからにちがいない。
「腫瘍って、ガンってこと？」
"脳"の腫瘍であることはふせられているがみんなにも伝えられ、それがざわつきを大きくしている。
　ストレートに聞いてくるクラスメイトにも、俊介は表情を変えたりしない。
「うん。けど、昔とちがって治るんだぞ。ただ、治療のために使う薬が強くて感染症になりやすいから外出できないんだ」
「そっか……。見舞いも無理かな」
「そうだなぁ。稔、弱ってるところを見られたくないんだってさ。だから俺もあんまり行かない」
　痩せて寝たきりのような状態になっている姿を、ほかの友達には見せたくないだろう。いつか復帰するとみんなに思わせておきたいのなら、なおさらいまの様子は見せられない。
「じゃ、メールにしとく」
「おぉ、それがいいかも」
　そのメールも本当は自分で読めないほど視力が落ちている。
　でも、私が読みあげれば、みんなの気持ちは伝わるはずだ。
「里穂！」
　一方私のところには、隣のクラスの多香美がやってきて

廊下から呼んでいる。
　すぐに席を立って向かうと、彼女は険しい表情を見せた。
「糸井くんのこと聞いたの」
「うん。残念だけど、退学するんだって」
　俊介みたいに役者にはなれない。
　泣かないように気をつけて伝えたけれど、笑顔はとても作れない。
「まさか、ガンだったなんて。陸上にも復帰できると思ってたんだけど……」
「うん」
　一瞬、稔がハードルを跳びこえる姿が脳裏に浮かび、顔がゆがむ。
　もう二度とあんな姿を見られないんだ。
「里穂。大丈夫？」
「あっ、大丈夫だよ。有望な選手がひとり欠けちゃってホントに残念」
　やっとのことでそう絞り出すと、多香美は少し困った顔をする。
「ねぇ、里穂が陸上部を辞めたのって、糸井くんのため？　もしかして、看病してる？」
　多香美に指摘され、ドキッとする。表向きは勉強のために退部ということにしていたから。
「ちがうよ」
　すぐに否定したけれど、多香美が納得している様子はない。

「糸井くん、すごく悪いなんてことないよね？」
「ないない。絶対ない。ただ、治療のために走れなくなっちゃってつらいみたいなの。だから、みんなに会っても笑っていられないかもって言ってて……」
　必死に嘘をつく。
「そっかぁ。それならよかった。糸井くんも複雑だよね。治ったら遊びに来てねと伝えて」
「了解」
　最後にやっと笑顔を作ることができた。
　多香美が教室に戻っていったので私も席に戻ろうとすると「西崎さん」と呼ばれて足を止める。
　２年生の先輩だ。髪の長い美人の彼女は陸上部の練習をよく見学に来ていて、俊介か稔のファンだと思う。いつもふたりの様子を見ていた。
「ちょっといい？」
「はい」
　私は彼女に従いついていった。
　人気のない特別棟の階段で立ちどまった彼女は、鋭い視線を私に向ける。
「糸井くんの話、耳に入ったの。腫瘍って……ホント？」
　稔のファンだったのか。
「はい。いま、治療しています」
　正直に答えると、彼女はいきなり私の肩をつかみ、目を血走らせる。
「疫病神！　あなたがそばをうろちょろしているから、糸

井くんがこんなことに……」

　まさかそんな追及をされるとは予想外で、目を丸くする。

　彼女が言っていることはめちゃくちゃだとわかっている。だけど反論しなかった。

　きっと稔のことが好きだったこの先輩は、私たちが稔の状態を告知されたときと同じように混乱して、誰かにあたらずにはいられないんだ。

「ごめんなさい」

「はっ、ごめんで済むの？　糸井くんは苦しんでるんでしょ？」

　彼女は私の両肩に手を置き、激しく揺さぶってくる。

『ごめん』なんかで済むわけがない。

　稔が治るならなんだってするのに、私にはなにもできない。

　ただうつむき罵声(ばせい)を浴びていると、ドンと音がして顔を上げた。

　するとそれは、いつの間にかやってきた俊介が壁を蹴(け)った音だった。

「先輩、なにしてるんですか？」

「あっ……」

　俊介の低い声におじけづいた彼女は、私から手を離す。

「稔が、こんなことして喜ぶと思ってるんですか？」

　俊介は私の腕をつかみ、自分のほうに引きよせる。

「そ、れは……」

「里穂は、疫病神なんかじゃねぇ」

怒りに満ちた声は、先輩の顔をひきつらせる。
「今後、里穂にちょっかい出したら、ただじゃすまない」
「わ、わかったわよ」
真っ青な顔をした先輩は、逃げるように走りさった。
「里穂」
大きなため息のあと私の名前を口にした彼は、なぜか後ろから私を強く抱きしめる。
とたんに鼓動が速まり、どうしたらいいのかわからない。
ダメなのに。
俊介にときめいたりしたら、稔が悲しむのに。
「お前が我慢する必要なんてない。稔もそんなことを望んでない」
どうしたらよかったの？　反論したって先輩が激高するのは目に見えている。
「里穂が泣くのはつらい。稔も、俺も」
「俊介……」
「里穂。ひとりでがんばるな。俺が守るって言っただろ」
彼の優しい言葉を聞き、頬に涙が伝う。
私のがんばりなんて、稔に比べたらたいしたことはない。そのことに罪悪感を抱いて、誰かからあえて傷つけられたいと知らず知らずの間に思っている。稔と同じくらい苦しみたいと。
「でも稔が……」
「お前の気持ちはよくわかってる。けど稔は俺たちに、一緒に苦しんでほしいと思っているわけがない。そんなヤツ

じゃないだろ？」
「……うん」
　もちろんわかっているけど、とにかくなにもできない自分がもどかしい。
　俊介の腕をギュッと握っているとそれがゆるみ、体をくるっとまわされた。
「里穂」
　切なげな声で私を呼ぶ彼は、そっと頬の涙をぬぐう。
「俺たちは、そんな優しい里穂が好きなんだよ。だけど、だからこそ里穂には傷ついてほしくない」
『好き』というフレーズに心臓がドクンと跳ねる。
　しかし私は、あふれそうになる自分の気持ちに必死にブレーキをかけた。
　私の彼は稔なの。
「頼むから、守らせて。俺を頼って」
　彼はそう言いながら優しい笑みを見せる。
「……うん。ありがとう。今度困ったら、俊介を呼ぶ」
「そうして。約束だぞ」
　差し出された小指に指を絡めると、彼は小さくうなずいた。

暴走する気持ち

　稔の脳腫瘍が発覚してから７カ月。
　１月の空は薄暗く、いつ雪が降ってもおかしくはない。
　病状は確実によくないほうに向かっていて、車いすでの散歩ですらほとんどできなくなっている。
　その代わり彼の両親に頼んでベッドを窓際に移動してもらったので、ふたりで外をながめて気分転換をしていた。
「稔。今日は寒いよ。雪が降りそう」
「外、暗い？」
「うん。曇ってる」
　彼の視力はかなり落ち、もう自分の手もとくらいしか見えないようだ。それでも、こうして話せることがうれしい。
　１年生存率が50パーセントという告知を受けた彼だけど、それは寝たきりで呼吸をしているだけという状態の人も含んでの50パーセントだということをあとから知り、がくぜんとした。それくらい治癒が難しい病気だと。
　食欲も落ちている彼は点滴に頼る生活で、俊介たちと走っていた頃とは比べ物にならないほど細い腕。ときどき私に『握って』と言わんばかりに伸ばしてくるその手は骨ばっている。
　私は、その手を毎日しっかりと握る。
　現実から目をそらすわけにはいかない。稔は戦っているから。

彼は私が手を握っている間は落ち着くのか、穏やかな顔をしている。
「昨日、里穂が帰ってからすぐ、俊介が来たよ」
「そうだったの？」
　あの日を境に、ときどき俊介は顔を出すようになった。と言っても部活に励んでいるので、週に３度ほど。
　俊介は稔との約束を必ず果たそうと必死なんだ。そしてそれは、願かけのようなものだと思う。
「すごくくだらない話をして帰った」
「なんの話？」
「古文の山崎先生。もうすぐ結婚するって知ってる？」
　山崎先生は、ちょっぴり太り気味の40歳になる男の先生だ。
「えっ！　初耳」
　私が目をパチクリしていると、彼は口もとをゆるめる。
「やっぱ知らなかったかぁ。俊介が里穂はとびきり鈍感だから、絶対気がついてないって」
「気がつくもなにも、どうして俊介はわかったって？」
　そんな発表されてない。どこからの情報だろう。
「授業中に恋愛の話をよくしてたらしいじゃん」
「うーん、してたといえば……。でも、教科書の古文の話に絡めてで……」
　先生自身の話なんて一度もなかったと思うけど。
「そこが鈍感なんだよなーって俊介が言ってた」
　稔は白い歯を見せる。

「そんなんじゃわかんないでしょ」
「けど、気持ち悪いくらい笑顔で繰り返し話すから、かなりのヤツらがこれは恋してるなって気づいたらしいよ。で、誰かがストレートに聞いたら、お見合いして結婚が決まったって。自慢したいオーラが出てたってさ」

　え……。それが本当なら、やっぱり鈍感なのかも私。
「はぁー。俊介に負けるとは」
「里穂って、そういうので勝ったことないじゃん」
「痛いところを……」

　たしかに中学の頃から、誰かが誰かのことを好きだという情報を耳にして自慢げにふたりに話すと『知らなかったの？』とあきれられていた。

　それに……。稔の気持ちにも気づけなかった。
「山崎先生、幸せそうなんだってさ」
「そっか。今度気をつけて観察しとく」

　私がちゃかして言うと、稔は「うん」と笑みを見せたあと、私のほうに顔を向ける。
「里穂は、幸せ？」
「えっ？」
「俺といて、幸せ？　俺は里穂の幸せを奪ってない？」

　突然なにを言い出すの……？
　とんでもない質問に、妙な緊張感が走る。
「幸せだよ。とっても幸せ。稔が笑うとすごくうれしい。でも、もうちょっとゼリーを食べてほしいな」

　必死に気持ちを落ちつけながら、にっこり笑って要求を

つけたすと、彼は目を弓のように細める。
「がんばります」
「素直でよろしい」
　私がそう返すと彼は声を立てて笑った。
　いつまでこの笑顔を見ていられるんだろう。
　そんなことを考えて、胸がキリキリと痛む。
「俺……里穂からいろんなものを奪ってしまったと思ってた」
「そんなことないよ。なにも奪われてなんてない」
　思いがけない告白に焦り、声が上ずる。
「でも、マネージャーも辞めたし、こうして毎日来てくれる。ほかの友達と遊ぶ暇もないよね」
　もしかして、そんなことを考えて自分を責めていたの？
「マネージャーは……正直、辞めるときは迷ったけど、まったく後悔してないよ。それにほかの友達との時間より、稔と過ごしたい。これは、稔のお願いを聞いているわけじゃなくて、私がそうしたいの」
　だから、負担になんて思わないで。
「里穂は優しいね。だから好きなんだ」
　彼は少し照れた笑みを見せる。不意打ちで『好き』なんて言われて、顔が熱い。
「ありがと」
「だけど……」
　稔はそこまで言ったあと、口を閉ざした。なにかをためらっているような。

「稔、どうしたの？　私にはなんでも言って。ね？」
　彼に遠慮があることはわかっている。それでも、一番近くで本音を聞いてあげられる存在でいたい。
「俺……。優しい里穂が病気の俺を放っておけないのがわかってですがってる。里穂と一緒にいたくて、俺……」
　優しいのは稔だよ。そんなこと考えなくてもいいのに。
「私だって一緒にいたいよ」
「里穂……」
　たぶん彼には見えていないけれど、笑顔を作った。
「もし稔が悪いと思ってるんだったら、早く元気になって。デートしようよ」
　もしかしたら負担になるひと言かもしれないと思った。だけど、稔はこの励ましを必ず生きる力に変える。そう信じている。
「そうだね。どこ行こうか」
「うーんとね。まずは遊園地」
「えっ、それは勘弁。なに乗っても目がまわらない里穂にはついていけない」
　彼がため息をもらすのは、中学生の頃、俊介と３人で行ったことがあるから。
　絶叫系が大好きな私はふたりを振りまわし続けて、最後は稔がギブアップ。その遊園地で一番スリルがあるというジェットコースターは、俊介とふたりで乗った。
　だけど俊介もそのひとつ前ですでに気分が悪かったらしく、降りたあとトイレに駆けこんでいた。

俊介も優しい。断られたらあきらめたのに、私が乗りたいと言うと気分が悪いことは秘密にして『しょうがない』とぶつくさ言いながらも付き合ってくれた。
　稔が元気だった頃の思い出があふれてくる。
　もう二度とあんな日がやってこないなんて信じられないし、信じたくない。
「ダメなの？　それじゃあね……水族館にしとく？」
「不満そうだなぁ。絶叫マシン5つまでならいいよ」
「やった！」
　喜んでみせると、彼もうれしそうに微笑んでいる。
　しかし次の瞬間、ふと真顔に戻った。
「でも、明日は俺のことを気にせず行って」
「どこに？」
　いきなり、なに？
「明日、俊介試合だよね」
　まさか、応援に行けと言っているの？
「そう、だけど……。でも多香美たちマネージャーもいるし、私が行かなくても」
　インターハイ予選というわけでもない。年に何度かある地区大会だ。
　もちろん、こうした試合で記録を伸ばしていくことは選手にとって重要なことだけど、わざわざ私が行く必要はない。
「だけど、里穂が行けば俊介は奮起するよ」
「私が行ったって一緒だよ」

そう返すと彼は首を振る。
「やっぱり鈍感だ。里穂がいると気合の入り方が全然ちがうんだよ。ほら、前に一度、里穂が熱を出して試合に来られなかったことあるよね」
　そういえば、中２のときそんなことがあった。
「俺も俊介も毎試合ベストを更新してたのに、あのときふたりそろって途切れたんだよ」
「そうだったっけ？」
　たしかに、同じタイミングで記録更新が止まった記憶はあるけれど、私が応援に行けなかったときだったの？
「そうだよ。俺たちふたりで顔を見合わせて、『里穂さまさまだな』って笑ってたからよく覚えてる」
「えー、私？」
　そんなこと知らなかった。
「大丈夫。俺、まだ死なないから」
「稔……」
　どうして笑顔でそんなことが言えるんだろう。どこまで強い人なんだろう。
「俊介の会心の走りを、俺の代わりに見てきて。ベストが出なかったら、こってりお説教していいから」
　稔はおかしそうに肩を震わせているけど、私は笑えなかった。
　稔だって走りたかっただろう。風を感じたかったはずだ。そして、ベストを出したときのハイタッチの輪に入りたかっただろう。

そう考えると涙があふれそうになる。
「そうだね。お尻バチンといかないと」
「あはは。でも、絶対アイツはベスト出すから。里穂がいれば絶対」
　稔はずっと握っていた私の手をさらに強く握る。
　その手から俊介への応援の気持ちが伝わってきて、これを俊介に伝えるのが私の仕事だと感じた。
　稔はまだ死んだりしない。俊介と約束したはずだから。
「わかった。応援してくるね。ベスト出たよって電話する」
「うん。よろしく」
　もうメッセージを打っても彼はそれを読むことができない。
　だけど声は届くし、心はつながっている。

　そして翌日。私は隣の市の陸上競技場に向かうことにした。
　朝、俊介に《応援に行くから》というメッセージを入れると《マジか。ベスト出さないとヤバイ》という返事がすぐにあった。
　そんなに私、お説教してるかしら？
　ベストを更新しなくてもふたりのがんばりを毎日見ていたので、責めたりしてないはずだけど……。と思って、ハッとした。
　稔が『里穂が喜ぶ顔が見たくて、結構必死だったんだぞ』と口にしていたけれど、もしかしてそういうこと？

ベストを出すと私が飛びあがって喜ぶのを知っていて、それで俊介も《ベスト出さないとヤバイ》なのかな。
　一生懸命の走りが見られればもうそれで十分満足だけど、やっぱりベストが出たときはいつも以上にハイテンションになる。
　でもそれは、やりきったという俊介や稔の顔を見るとうれしいからなんだよ。
《里穂。準備できた？》
　それから30分。俊介からまたメッセージが入った。
　もしかして、一緒に行こうとしているの？
　マネージャーだった頃は稔も含めて３人で試合会場に向かったが、もう私は陸上部じゃない。彼は陸上部の仲間と一緒に、どこかで待ち合わせをして行くんだと……。
　そう思いながら出ていくと「おはよ」と笑顔で迎えられる。
「陸上部のみんなは？」
「断った。里穂と行く」
「私は辞めたのに……」
　そう口にすると、彼は首を振り胸をトントンと叩く。
「お前はいつも俺のここにいる」
「俊介……」
　彼がそう思っていることがたまらなくうれしい。
　どうしたらいいんだろう。
　もう俊介に好きだと伝えることは許されないのに、心が彼のほうを向きたがる。

稔が待ってる。私の帰りを待ってる。
　私はそうやって、自分に釘をさす。
「稔は大丈夫？」
「うん。稔が行ってこいって。ベストが出なかったらお尻叩いていいって」
「はっ？　なんだそれ」
　彼はおなかを抱えて笑いだす。
「お尻叩かれるのはさすがに恥ずかしいから、これは絶対ベスト出さないとなぁ」
　彼はそう言いながら私のほうにグーを作った手を伸ばしてくる。
　これは私たち３人が試合の前によくやっていた儀式のようなもの。
　手を合わせ、それぞれの情熱を交換して走りに変える。そんなことを信じていた。
　だから私も手を握りその拳に合わせる。稔の想いもたっぷりのせて。
「しっかり見ておけ」
「了解」
　この目に焼きつけて、稔にも念を送るから。
　それから私たちは電車に乗り会場を目指した。久しぶりの俊介との時間で最初は緊張気味だったけれど、そこは長く付き合ってきた絆がカバーして、すっかりいつもの通り。
「俊介、痩せた？」
「失礼だな。引きしまったと言え」

そっか。筋トレもがんばってるんだろうな。
「里穂は白くなったな」
「白く？」
「うん。マネやってた頃は、焦げてたじゃん」
　彼はクスクス笑う。
「焦げって……。レディーに向かって使う言葉？」
「レディー？　どこ？」
　彼はわざとらしくまわりをキョロキョロと見渡している。
「もー、ここにいるでしょ」
　口を尖らせ反論すると、彼はニッと口角を上げた。
　日常が戻ってきた。この空間に稔がいないのが不思議なくらいだ。

　試合会場に着くと俊介はとたんに表情が引きしまり、気合が入っているとわかる。
　彼はいつもこう。視線が鋭くなりスイッチが入る。一方稔は、わりと普段と変わらない様子であまり緊張しないタイプだ。
　タイプはちがうけど、ふたりともきっちりタイムを伸ばす優秀な選手だった。
「里穂！」
　アップをしに行く俊介と別れると、多香美が私を見つけて駆けよってくる。
「おはよ」

「来たんだ。よかったー」

 彼女が満面の笑みで迎えてくれてホッとする。部活を辞めてからも仲よくはしているけれど、途中で部活を放り出すような形になったので来づらかった。

「うん」

「糸井くん、最近どう？　会ってる？」

 彼女は恐る恐る尋ねてくる。

「大丈夫だよ。療養してるけど、今日も俊介の応援をきっちりしてこいって」

「そっか。よかった。早くよくなるといいね」

 多香美たちは命の期限が宣告されていることを知らない。だから、またいつかフィールドを走る稔を思いうかべているはずだ。

 稔の脳腫瘍を知ったばかりの頃は、私も俊介もそう期待していた。1年生存率が50パーセントだと聞いても、生きるほうの50パーセントに入ればいいと。

 でも、生きていても二度と走ることができないと知ってしまった。

 俊介は稔がこの先も生きることを願って走る。彼の想いも背負って。

 稔がいなくても隣にハードルを並べて練習していた彼はそういう人だから。

 たとえ稔がもうハードルを跳ぶことができなくても、私たちと生きてくれればいい。笑ってくれればいい。

 本当は心のどこかで"死"が避けられないものであると

気づいている。でも、信じたくない。

　久しぶりの試合の応援は楽しかった。私が陸上部にいた頃伸びなやんでいた選手がベストを叩きだしたり、表彰されたりするのを見て、気持ちがどこまでも高ぶっていく。

　あぁ、そうだった。マネージャーをしていた頃は、私自身が選手でなくても、喜びを分かちあって最高に幸せだったんだ。

　稔と俊介と、そして陸上部のみんなと一緒に過ごした日々は、私の宝物。

　そしていよいよ俊介の出番。

　彼は100メートルと200メートルにエントリーしているけれど、100メートルが本命だ。

　今大会は予選なしで１本だけ走り、そのタイムで順位が確定するタイムレース決勝方式。あらかじめ申告してあるベストタイムで組が振りわけられていて、持ちタイムが速い俊介は１年生なのに２年生が多数いる組に入っている。

　今日は200メートルが先。こちらは100メートルほど有力選手というわけにはいかないが、それでも１年生にしては十分すぎるほどの記録を持っている。
「俊介、がんばれ！」

　彼の太ももには私がマネージャーをしていた頃よりがっしりと筋肉がついている。しかも脚だけでなく腕にも。陸上をやるのには脚だけ鍛えればいいと思いがちだけど、実は腕も重要。脚と腕は連動しているので、速くて力強い腕の振りもスピードに関係してくる。

ところが筋肉は簡単につくものではなく地道で苦しいトレーニングが必要なため、みんなやりたがらない。それを黙々とこなしてきた俊介の本気を感じる。
　スタートに向かう俊介を見つめていると、彼はスーッと大きく息を吸いこみ、空を見上げた。
　その姿は、まるで稔に『見てろよ』とでも語りかけているかのようだった。
　私が胸の前で手を組むと、スタートの合図とともに俊介が走りだす。
　200メートルのベストタイムは23秒02。インターハイの覇者は20秒台を出すこともある種目だ。
「がんばれ、もう少し」
　隣の多香美とハラハラしながら俊介の全力疾走を見守る。
　そして彼はその組の２位でゴールを駆けぬけた。
「どう？」
　多香美の計測していたストップウオッチには22秒92の表示。正式な公認記録はまだだけど、ベストは更新しただろう。
「関戸くんすごい！」
　歓喜の声をあげる多香美の横で、私は目を潤ませていた。
　本当にベストを出しちゃうんだもん。きっとこれは稔にささげるベストだ。
　ありがとう、俊介。
「うん。すごいよ俊介は」

稔の気持ちも背負っての、堂々たる走りっぷりだ。
「関戸くん、最近、練習に没頭(ぼっとう)しすぎてて心配してたの」
「えっ？」
　そんなことは知らなかった。
「実はね、走りすぎて吐いてしまったり、あの地獄(じごく)のマラソン練習なんて長距離の先輩を差しおいて１位でゴールしたあとパタッと倒れてしばらく起きあがらなかったり」
「嘘……」
　ストイックに練習に励むのは悪いことではないけれど、ちょっとやりすぎだ。
「休憩するように言っても聞いてくれない。あれっ？」
　話していた多香美が不思議そうな声をあげるので視線を追うと、俊介が妙な歩き方をしている。
「ケガ？」
　私が思わずつぶやくと、多香美も不安げな表情になった。
「行こう」
　ふたりで彼のもとへと走る。
　お願い、無事でいて。
　足がつることはよくある。だけど、それほどまでに追いこんでいるとしたら、疲労骨折や靭帯(じんたい)損傷、肉離れ……。いろんな可能性が頭を駆けめぐり、冷静ではいられない。
「里穂、待って」
　気がつけば多香美を置いて全力疾走していた。
「俊介！」
　更衣室のほうに向かって歩いていく俊介を大声で呼びと

める。
　右足を引きずるようにしている彼はふと立ちどまり、一瞬口に手をあてた。
　やっぱり足が痛むんだ。
　俊介は子どもの頃からやましいことがあると口に手をやるくせがある。
「関戸くん……。足、痛むの？」
　すぐに追いついた多香美が、マネージャーとして声をかける。
「ちょっとひねっただけだよ。大丈夫。100までにはなんとかする」
　俊介はそう口にしたけれど、視線を合わせてくれない。
「念のために見せて？」
　多香美の発言を聞いた彼は、目をキョロッと動かした。
　絶対にケガしてる。しかも、見せられないようなケガだ。
「多香美。次の選手も計測しなくちゃいけないでしょ？」
「うん。そうだけど……」
「俊介のケアはしておくよ。これでも元マネだからね」
　多香美に笑顔を作ってみせると「それじゃお願い」と彼女は走って戻っていった。
「俊介。無理しすぎじゃない？」
　彼は一歩も動こうとしない。たぶん普通には歩けなくて、それがバレては困るからだ。
「無理なんかじゃ……。稔に比べたらこんなの……」
　たしかに、私たちがどれだけ努力を重ねても、死の恐怖

と戦い続ける稔の足もとにも及ばない。
　だけど、稔への思いが強すぎるために無理をして選手生命が絶たれたら、稔は悲しむ。
　私はいまになって初めて、稔の退学が告げられて先輩に責められたとき『頼むから、守らせて』と口走った俊介の気持ちが理解できた。
　私たちは稔のことになると、まわりが見えなくなる。それこそ自分の命を差し出したってかまわないとさえ思う。
　だからあのとき、私は先輩からのとんでもないやつあたりでさえ反論することなく受けいれたし、それでいいと思った。
　でも、それを稔が望んでいるわけじゃない。
　私たちは、自分を傷つけたり追いこんだりすることで、稔の痛みを少しでも感じたいと思いすぎて、結果的には稔の望まないことをしているのかもしれない。
「とにかく、足を見せて」
「いいから」
「これは命令なの。稔からの命令」
　彼の目をまっすぐに見つめたまま伝えると、観念したようだ。
　私が隣に行って肩を貸すと、彼はつかまって歩き始めた。
　だけど、やっぱり右足は地面に着けるのも痛そうだった。
　近くのベンチに座らせ靴を脱がせると、足の甲にテーピングが施されていた。
「俊介、これ……」

「疲労骨折してたんだ。走るまでは痛みもなかったんだけど……」
　骨折？
　たしかにここに来るまではいたって普通だった。
「そんなんで走ったの？　バカ！」
　ひどくなったらどうするつもりなのよ！
　こんな状態でベストを出したなんて信じられない。
「100は棄権ね」
「走らせてくれ」
　歩くのもやっとなのに、どうやって走るっていうの？
「無理に決まってるじゃない」
「けど、俺には走ることしかできないんだ」
　彼は唇をかみしめて険しい表情を見せる。
　そっか。インターハイに連れていくと、稔に約束したからだ。
　でも、このままでは俊介がつぶれる。どうしたら……。
　俊介まで陸上を辞めることになったら、稔が苦しむ。そんなの誰も幸せじゃない。
　ふたりとも大事なの。いま、私にできるのは……。
　私は意を決して口を開いた。
「そういうの、重いんだって」
　声を振りしぼると、俊介の目が大きく開く。
「は？　なに言ってるんだ」
　どうしよう。緊張で体が勝手に震える。
　でも、言わなくちゃ。

「俊介がベストを出したからってなに？　稔の命が助かるの？」
「里穂？」
　俊介は眉をひそめて、私をじっと見つめる。
「もし走れなくなったら、稔になんて言うの？　お前のせいで選手生命断たれたって？」
「そんなわけねぇだろ。そんなこと言うわけ！」
　俊介の声が大きくなり、体がビクッと震える。
　彼がそんな人じゃないことはよくわかってる。私と同じように稔に生きてほしいと強く思っていることも。
　だって、ずっと一緒にいたんだよ？　俊介のことは、私が一番わかってる。
　でもね、だからこそ言わなくちゃ。
　俊介は他人のために自分を犠牲にできる優しい人。だから私が止めなくちゃいけないんだ。
「稔には私がいる。俊介は必要ない」
　やっとのことでそう口にしたけれど、心が悲鳴をあげる。
　そんなわけない。俊介は大切な仲間だ。私や稔にとって、かけがえのない人だ。
「里穂、ホントどうした？」
　俊介は何度も何度も首を横に振り、あぜんとしている。
「もう、私にも稔にもかかわらないで。今日はそれを伝えるために来たの。もし稔のためになんて偽善ぶっているんだったら、それは迷惑だと伝えようと思ってたんだけど、やっぱりだったね」

自分の口から出てくる凍るような言葉に、胸が苦しくてたまらない。
　そのせいか体の震えが止まらなくなり、歯がガチガチと音を立て始めた。
「里穂……」
　すると俊介は顔をゆがめて立ちあがる。
　もうなにも背負わないで。自分のために走って。お願い。それを稔も私も望んでる。
「そんな悲しい嘘……」
「嘘？　なに言ってる──」
　ダメだ。
　必死に涙をこらえているのに、胸にこみあげてくるものが勢いを増していく。
　もう言葉を続けられなかった。
「里穂」
　もう一度そう口にした俊介は、私の肩に両手を置いてまっすぐに視線を送ってくる。
「何年一緒にいると思ってるんだ」
　彼の発言にドキッとする。
　それは、この発言が嘘だと確信しているということ？
　それじゃあ困るの。お願い、だまされて。怒って立ちさってよ。
　そうして私のことも稔のことも忘れて……、この先も自分のために走って。
「クソッ。俺にはお前も稔も守れないのかよ」

吐き捨てるように言う俊介は、私を強い力で引きよせ、腕の中に閉じこめる。
「里穂のことくらいお見通しなんだよ」
　耳もとでささやく彼の声も震えている。
　いまはのぞかないで。私の心を読まないで。
「どうしたらいいんだ……」
　悲嘆(ひたん)にくれる俊介は、私の背中にまわした手に力を込める。
「離して……」
「離さない」
　拒否しなくちゃいけないのにできない。俊介の腕の中は温かすぎた。
「お願いだから」
　我慢できずこぼれる涙が、彼のユニフォームに吸いこまれていく。
「泣くな、里穂」
「お願い。離して」
　俊介にすがるわけにはいかないの。
　稔のことは私に任せて。俊介は自分のために走って。
　彼の胸を強く押したが、上半身も鍛えているのでびくともしない。
「離せるか。大切な里穂が、悲鳴あげながら嘘をついてるのに」
　彼の言葉に息が止まる。
　それからは脱力した。彼の腕の中から逃(のが)れることもやめ、

ただしがみついて涙を流していた。
　しばらくして気持ちが落ちついてくると、俊介は腕の力をゆるめ私の顔をのぞきこむ。
　なにもかも見すかされそうで視線をそらしてうつむくと、それは許さないとばかりに両手で頬を包みこまれ、顔を上げさせられた。
「里穂」
　そんなに優しい声で呼ばないで。
　懸命に抑えている気持ちが、あふれてきてしまうから。
　稔を裏切ったりできないの。だから、お願い。もう放っておいて。
　俊介の熱い視線が私をとらえる。
　彼の瞳に自分が映っていることに気がつくと、胸の高鳴りを抑えきれなくなった。
「俺、お前のこと……」
　彼の視線に縛られて、動くことすらできない。
　なにを言おうとしているの？
「なんでもない。ごめん」
　だけど次の瞬間、彼はそうつぶやいて手を離す。
　それがたまらなく寂しくて、胸が引きさかれそうだった。
　俊介のことは忘れると誓ったのに。
　稔の手を取ったあの日、もう俊介への気持ちは忘れなければと思ったのに。抑えようとすればするほど、強くなる。
　でも、私は稔の彼女なの。稔を支えると決めたの。
　そう自分に言いきかせ、私も俊介から一歩離れる。

「冷静に、ならないとな。里穂の言う通りだ。俺が走れなくなったら、稔が喜ぶわけない。100は棄権する」
　よかった。俊介が下した判断に胸をなでおろした。
「だけど、里穂。俺はやっぱり、お前も稔も守りたい。俺の力なんかじゃ足りないかもしれないけど、守りたいんだ」
「俊介……」
　彼の優しさと強さに心が震える。
　彼の申し出がうれしくてたまらない。でも、俊介に背負わせてはいけない。
「ありがとう。でも、俊介は自分のために走って」
「わかった。棄権の連絡してくるよ」
「あっ、私が」
「ううん。俺がする。ケガをしていることもきちんと伝えてくる」
　彼は心なしか肩を落として足を引きずりながら離れていく。
　その後ろ姿に胸が痛む。
　私も俊介も、もちろん稔のためにと思って行動している。
　稔がそれを負担に思わないようにしようといくら配慮しても、なにも犠牲にしないなんてことがどうしてもできない。
　それでも、私たちは稔が大切なんだ。彼に生きていてほしい。
　その日は、それから多香美に《帰ります。俊介のことお願いします》とメッセージを入れ、すぐに競技場をあとに

した。

　もう、俊介の近くにはいられない。近くにいると、心が動きだしそうで怖い。
　稔と付き合うことを決めて陸上部を去ってから、俊介との距離は離れた。だけど彼は私を遠くから見守り、『ひとりでがんばるな。俺が守るって言っただろ』と私を励ました。
　目に見えて状態が悪くなっていく稔を前に、心が折れそうになる日もあった。それでも笑顔を作ることができたのは、俊介がいると心のどこかで思っていたからだ。
《関戸くんケガしてたなんて。ごめん。マネージャーなのに気がつかなかった》
　多香美からの返信に謝罪の言葉が含まれているのを見て、顔が険しくなる。
　彼女にひとつも落ち度はないのに。
《私もさっき知ったの。俊介、我慢強いから誰にも言ってなかったんでしょ。多香美がわからなくても仕方ないよ》
　そう返したけれど、多香美の顔がゆがんでいるのが目に浮かぶ。
　みんなが幸せになる方法はないんだろうか。
《里穂。やっぱりマネージャーに戻ってきて。関戸くん、里穂がいないとコントロールできない。練習のしすぎを誰が指摘してもやめないの》
　多香美のメッセージを見て、心が揺らぐ。
　私なら俊介の暴走を止められるかもしれない。実際、

100メートルも棄権した。
　本当はそばにいたい。練習のつらさも、ベストを出したときの喜びも全部分かちあいたい。
　だけど、私がそばにいるべきなのは稔だ。
『大丈夫。インターハイに出たいという気持ちが強くてちょっと暴走しちゃったけど、無理したら届かなくなるとわかったと思うよ。なにかあったら教えて。できることはするから』
　それで精いっぱいだった。
　部活に戻ると稔との時間が減ってしまう。日に日に死の足音が大きくなるいま、それはできない。
　なにかひとつを選ばなくてはならないとしたら、いまは迷わず稔との時間を選ぶ。
　私は稔の番号を表示して、大きく息を吸いこんでからボタンを押した。結果を知らせるために。
『もしもし、里穂？』
「うん。寝てなかった？」
　彼が私だとすぐにわかるのは、スマホに名前が表示されるからじゃない。着信音がちがうから。
『うん。今日は頭痛もなくて気分がいいんだ』
「よかった……」
『俊介、終わった？』
　稔の声が弾んで聞こえる。俊介の結果を心待ちにしていたんだろう。走れなくなっても、親友を応援していることがひしひしと伝わってくる。

「うん。200でベスト出したんだよ」

『やるじゃん。やっぱ里穂効果だね』

そんなものないんだよ。俊介は稔のために走ったの。

「でも、ちょっと足をくじいちゃって、100は棄権したの」

私は小さな嘘をついた。稔に真実を伝える必要はない。

すると一瞬の間のあと、『そうだったんだ。それで、俊介の状態は?』と切羽つまったような声が聞こえてくる。

自分の病状のほうがずっと悪いのに、俊介の足を気づかうなんて。

稔も俊介も優しすぎる。

「大丈夫。無理しちゃダメってお説教しておいたし」

じわりと目頭が熱くなるのを感じながらそう伝えると、『はー』という大きなため息が聞こえてきた。

『よかった。ねぇ、里穂。俺との時間を減らしてもいいから、俊介のことも支えてやって?』

「えっ」

予想外の申し出に目を丸くする。

『って、俺たち里穂に頼ってばかりで、ホントどうしようもないね。けど、俊介ってやりすぎるところあるじゃん。アイツの頭を冷やせるのは里穂しかいない。俊介、たぶん俺との約束を守ろうとしてるんだ。インターハイに必ず行くって言ってたから』

そうは言うけど、稔の命はいつ消えてしまうかわからない状態なんだよ?

いつ、こうして話していられなくなるのかわからないの

に、離れられるわけがない。
　心の中で反論したけれど、もちろん稔にそんなことは言えない。
「あはは。俊介のことは大丈夫。無理しないように見張っておくから。それより、調子がいいんだったら家に寄っていい？　俊介棄権しちゃったからもう帰り道なの」
『なんだ。最後まで見て一緒に帰ってくるかと思った』
　ケガをした俊介が心配で、本当は引き返したい。だけど、いまは距離を置いたほうがいい。
　俊介に触れられた頬が熱くてたまらない。これ以上彼の近くにいると、自分の気持ちを抑えておけなくなりそうで怖かった。
　稔のそばに行きたい。稔と話して、心を落ちつけたい。
　稔への気持ちは、俊介に抱いているような"好き"という気持ちとはちがうのには気づいている。でも、病気への同情ともちがう。
　私にとって稔は、かけがえのない大切な人で、絶対に失いたくない人。そういう"好き"があってもいいじゃない。
「俊介のことは多香美にお願いしたし、あとでメッセージでも来るんじゃない？」
『そっか。それなら来てよ。待ってる』
　稔の『待ってる』という言葉がうれしい。
　私は電話を切ったあと、あふれそうになった涙をぬぐい一歩踏み出した。

忍びよる命の期限

　俊介の疲労骨折は幸い重症ではなく、2カ月ほど走るのをやめれば元通りらしい。

　あの日、彼には私の気持ちが伝わったようで、無理をして走るようなことはしていないと多香美から聞いている。

　しかしその間に予定していた試合への出場はかなわず、多香美は『次のインターハイは難しいかも』と話していたけど、俊介はたぶんあきらめていない。というのも、走れないぶん、筋トレに励んでいたからだ。

『俊介、がんばれ！』

　私は毎日心の中でエールを送っていた。

　俊介にとっては復活までの2カ月ではあったけど、稔にとってはちがった。

　彼が倒れてから9カ月半。回復をどれだけ願っても残念ながら病状は進み、もう車いすで近所の散歩をすることもできなくなった。

　おばさんの話では、主治医から『いつなにがあってもおかしくはない。覚悟しておいてください』と言われているらしい。

　それでも、もちろん私はあきらめてはいない。

「稔。今日はいい天気だよ。桜が散っちゃった」

　私と俊介は2年生に進級した。クラスは別れ、あの試合の日から言葉を交わすこともあまりなくなった。

だけど、彼の存在はいつも近くに感じている。『守りたい』と力強く口にした俊介は、なにかあればすぐに手を差し出せるようにスタンバイしているような気がする。
「そっか。俊介来るかな？」
　稔は、俊介のことをよく尋ねるようになった。
「どうかな。なにか話したいことあるの？」
　俊介は最近、私が帰った頃にここに来てふたりで話をしているらしい。
「俊介と里穂の話ができるのが楽しくて」
「ちょっと、なに話してるの？　どうせ悪口でしょ？　やめてよね」
　知らないところで自分の話をされていると不安になるでしょ？
「悪口なんてひとつもないよ。なんていうか、思い出話？　里穂が逆上がりできなくて、俺たちが教えたこととか」
　そういえばそんなこともあったな。5年生になってもできなくて、ふたりにまわしてもらっていたっけ。
「中学のとき、数学の宿題を写させてもらったら答えがちがってて……。3人とも同じまちがいをしてたから先生に写したのがバレて叱られただろ？」
「そうそう！　もー、あのときは私まで巻きこまれて最悪だったんだから」
　たしか居残りでプリントをやらされたような。
「ごめんごめん。でも、楽しかったな」
　たしかにあの頃はずっと笑っていた。

多少イヤなこともあったし、つらいこともあった。でも、ふたりがいつも相談に乗ってくれてすぐに解決した。
　ククク、と小さく笑みをもらしていた稔が、突然表情を硬くする。
「稔？　調子悪い？」
　問いかけたけれど彼は首を小さく振るだけ。そして再び口を開いた。
「高校の入学式の日。俺だけちがうクラスで、すごく悔しかった。俊介に一歩リードされるって焦って……」
「リード？」
「なんでもない」
　彼は会話を終わらせ、手を宙にさまよわせる。『握って』と言っているんだ。
　私があわてて手を握ると、彼はかすかに力を込めて眉間にシワを寄せる。
「稔？」
　苦しいのかな。
「……全部、覚えていたいんだ。心臓が止まる瞬間まで、里穂と俊介と過ごしてきた日々を少しも忘れたくない」
　なんてことを、言ってるの……？
「止まらないよ。稔はずっと一緒に生きるんだよ。これからもいっぱい思い出作るんだよ」
　思わず大きな声が出る。
「ありがとう、里穂。けど、最近記憶が抜けてるんだ。俊介にそれを埋めてもらいたくて……」

それで彼を待っているの？
　でも、記憶が飛んでいるなんて。そんなこと全然知らなかった。
「そんなの、私でもできるよ？」
　言ってくれれば、昔話をするのに。
「里穂じゃダメだよ。だって里穂、自分のことはあんまり覚えてないだろ？　さっきの話だって、俺が言わなければ忘れてたくせに」
　彼はクスッと笑みをもらす。そう言われるとスッとは出てこないかも。
「俊介は覚えてるってこと？」
「そりゃあそうだよ。俊介が里穂のことで知らないことなんてない」
　断言する稔は、一瞬悲しげな顔を見せる。
「里穂。里穂は現在(いま)を俺と生きて。新しい記憶を俺にちょうだい」
　足音を立てて近づいてくる"死"を悟っているかのような発言に、視界がにじんでくる。
　だけど、泣いたりしない。私は稔に笑顔を覚えていてほしいから。
「もちろん。これからもどんどんインプットするよ。今日はなんの話にしよう」
「そうだなぁ。新しいクラスはどう？　川島と一緒になったんだっけ」
　俊介とは離れたけれど、同じクラスに多香美がいる。

「うん。多香美、すっごいおしゃべりだから、休み時間あきないよ。いつも女子５人くらい集まって話してる」
「川島、話しだすと止まらないもんなぁ」
 さすがに部活中は黙々と働いているけど、終わった瞬間からマシンガントークが始まる。それを陸上部のみんなは知っている。
「女子ってなに話すの？」
「うーんと、髪形の話とか……」
『恋の話とか』とつけたしそうになって口を閉ざした。
「恋愛の話もするんだろ？」
 それなのに、稔のほうから追及してくる。
「まあ、ときどき？」
 本当はときどきじゃない。毎日だ。
「ごめんね」
「突然なに？」
「俺の話、できないもんね」
 稔があきらめたようにそう口にするので、ドキッとする。
 そんな心配いらないのに。
 稔の話ができなくても、私はこうして一緒にいられるだけで幸せなんだよ？
 たしかに、私には彼氏がいないことになっている。それは、稔のことについて根掘り葉掘り聞かれないようにするためだ。
 彼が退学したときは、俊介も私もいろいろ突っこまれたけど、もういまは聞いてくるクラスメイトもいない。

いいほうに向かっているとは言えないので、勘ぐられなくて助かると言えば助かるけれど、みんなの間から稔の記憶が消えていくようで寂しくもあった。
　私が答えられないでいると、彼は手の力を強める。と言っても、かすかにちがいを感じるくらいで、以前の握力とは比べ物にならないくらい弱々しい。
「ごめん。里穂を困らせてばかりだね」
「困ってなんかない。稔は私の自慢だよ」
　力説すると、彼はうれしそうに笑みを浮かべる。
「ありがと。やっぱり里穂は優しいな」
　稔は握っていた手を離し、そのまま腕を引きよせる。そして片手で私をギュッと抱きしめた。突然のことに驚いて固まってしまう。
「少しだけ、彼氏らしいことさせて」
「稔……」
　そういえば、彼は一度だけ私にキスしようとしたことがあった。だけど直前でやめたんだ。あれはどうしてだったんだろう。
「死にたくない」
　ボソッともらす彼に驚き離れようとしたけど、許してもらえない。
　イヤだ。そんな悲しいことを言わないで。私を置いていかないで——。
「いかせない。稔はずっと私のそばにいるの」
　きれいごとかもしれない。それでも奇跡を信じたい。

できないことが増えてきて、病院に行っても痛み止めや脳圧を下げるための薬を処方されるだけ。脳腫瘍を治しているわけではないいま、死が近づいていることは否定できない。

残念ながら、もう手は尽くしたという状態だ。

「里穂。怖い。怖いんだ……」

「稔……」

私の前でめったに弱音を吐かない彼が、こんなに声を震わせている。

もしかしたら、調子がよくないのかもしれない。

稔。私、あなたと一緒に戦うから。踏んばろうよ。

そんなふうに思ったけれど、元気でいられる私には本当の意味で彼の恐怖心を理解できていないんだろう。

私も俊介も、稔がいなくなったあとの世界なんて想像できない。

だけどそうなったとしても、私たち自身はいまと同じような生活を送っていくんだと思う。

でも……稔は？　稔はどんな世界に行ってしまうの？

私は励ましたくて、彼を抱きしめた。

彼の体からぬくもりが消えるなんて信じられないし、信じたくない。

「ずっと里穂と一緒にいたい。里穂のことを忘れたくない」

「一緒にいる。私はここにいる」

もし稔が私の記憶をなくしても、私は絶対に忘れない。

それに、また新たな記憶を作ればいいんだから。

「ごめんな」
「なにがごめんなの？」
　弱々しくつぶやく彼に問いただす。
「里穂を幸せにしたいのに、できないんだ」
　私のことなんていいのに。自分が大変なのに……。
　それに、こうしてそばにいられることがうれしいんだよ。
「幸せだよ。優しい稔と時間を共有できて、おしゃべりして……。すごく幸せ」
「欲がないなぁ」
　欲だらけだよ。稔の命を望んでいるんだから。
　彼は涙声でそう口にしたあと、私を抱きしめたまま動かなくなった。
　なにも語らないこの時間も、私たちにとっては貴重だ。1分1秒でも無駄にしたくない。
　私は目を閉じて、彼の鼓動に耳を澄ませていた。
　トクトクトクと規則正しく続くその音は、たしかに彼が生きていることを示している。
　ずっと続いて。お願い、命の期限をもっとください。
　心の中で神に願った。
　その日の帰り、おばさんに「お茶飲まない？」と呼ばれて足を止めた。
　リビングのテーブルに出された紅茶に手を伸ばすと、向かいの席に座ったおばさんが静かに話し始める。
「里穂ちゃん、毎日ありがとう。稔がどれだけ励まされているか……」

おばさんの表情が硬くてドキッとする。なにかよくないことでもあるの？
　思わず身がまえたけれど、動揺を見せないように振るまう。
「いえ。私が楽しくて来ているので。稔がそれで励みになるならうれしいです」
　おばさんのことも励ましたいと笑ってみせたのに、表情がゆるむことはなく、イヤな汗が出始めた。
「今朝、病院に行ってきてね。腫瘍がかなり大きくなってきていて麻痺がさらに進むだろうって先生に言われたの」
「そんな……」
　放射線治療で縮小した腫瘍も、あるときを境に急速に再増大し始めた。そのときに、もう抑える術はないと告知されてはいたけれど、稔ががんばって今日まできた。
　だけど、改めてよくならないと宣告されてしまったんだ。
「先生が……ホスピスという選択肢があるとおっしゃるの」
「ホスピス？」
　それって、最期の時を過ごす病院のこと？
「ホスピスは治療を目的とはしていなくて、穏やかに死を待つための施設。家族も一緒にいられるしドクターもいて、稔にとっては最適な場所だろうと」
　私はあぜんとしてなにも言えなかった。
「それで、主人が稔に聞いたの。本人の意思を尊重したいと」
「え……」
　そんな……。稔だってホスピスがどういう場所か知って

いるだろうに、その質問は残酷すぎる。
　それで稔は、さっき『死にたくない』と口にしたんだ。
「私は反対だったの。稔に死期が近いと伝えるようなものなんだもの。でも先生が、稔の人生は稔のもの。このままなにもわからず不安だけで最期を待つより、好きなことをして大切にしたい人と過ごしたほうがいいって」
　おばさんの目から一気に涙があふれだして、止まらなくなった。
「おばさん……」
　私はたまらずテーブルの上で震えるおばさんの手を握る。するとおばさんは、顔をくしゃくしゃにしながら再び口を開いた。
「そうしたらね、稔は里穂ちゃんと過ごしたいって。ホスピスはちょっと遠くて……。里穂ちゃんと会えなくなるなら、行きたくないって」
「稔が？」
　私が尋ねるとおばさんは大きくうなずく。
「里穂ちゃん。お願い。稔のそばにいてやって？　あの子の願いはかなえてやりた──」
　泣きじゃくるおばさんは、言葉が続かない。
「もちろんです。これからも毎日通います」
「ありがとう」
　学校なんて放り出してホスピスについていきたいけど、きっとそれは稔が望まない。心の奥ではそう願っていたとしても、許してくれないだろう。

だって彼は他人を気づかえる優しい人だから。私を幸せにしたいと言った彼は、そんなことをしたらかえって心を痛めるはず。
「それとね、今後、延命を目的とした人工呼吸器の装着を望まれますかって聞かれて……」
　瞬時に鳥肌が立ち、頭がクラクラする。
『延命』って……。
　もうそういうことを話さなければならないほどの段階まで来ているの？
『ホスピス』という言葉が出ても、まだまだ生きられると思っていた。だけど『延命』という言葉は衝撃だった。
「イヤ……」
　稔が死ぬなんて、やっぱり受けいれられない。
　おばさんの前では泣かないと決めていたのに、我慢できなかった。
　次から次へとあふれ出す涙が、テーブルに落ちていく。
「里穂ちゃん。ごめんね。どうして稔が……」
　それは、稔の家族だけでなく私も俊介も思ったことだ。
　どうして稔が、こんなに過酷な運命を背負わなければならないの？　稔がなにか悪いことをしたの？
　何度も何度も考えたけれど、彼はなにひとつとして悪くない。
　まちがえて与(あた)えられた罰のように感じられて、何度神様を恨(うら)んだことか。だけど、どれだけ恨んでも、この状況が撤回されることはなかった。

おばさんを励まさなくちゃいけないのに、泣いてたらダメだ。
　数回深呼吸をして気持ちを整え、手で顔をぬぐったあと顔を上げた。
「稔のことは全力で守ります。まだいかせたりしません。奇跡を……奇跡を起こしたい」
　自分の弱さを奮いたたせるように強い口調でそう言うと、おばさんは小さくうなずいた。
「人工呼吸器の話は、稔には？」
「それはまだしてないの。言えなくて……」
　ホスピスの提案だけでも大きな衝撃だっただろう。当然だ。
「俊介に話してもいいですか？」
「うん。俊介くんにもよく来てもらってて感謝してる。ふたりが来たあとはいつも調子がよくて。心が安定してるんだねと主人と話しているのよ」
「ありがとうございます」
　私たちがそばにいることが稔のプラスになっているのなら救われる。これからも彼の隣にい続けよう。
　そんなことを考えながら、糸井家をあとにした。

　その日。私は自分の部屋の窓から俊介の部屋を見つめ、帰ってくるのを待っていた。
　あの試合のあと、稔のことでもう彼に負担をかけてはいけないとあまり耳に入れないようにしてきた。

それでも、俊介は自分から進んで稔のところに足を運び、彼もまた稔を支えている。だから私が伝えなくても、稔が置かれただいたいの状況は把握(はあく)しているはず。
　だけど、今日聞いたホスピスや人工呼吸器の話は衝撃的だった。もしまだ俊介が知らないのなら、伝えないほうがいいかもしれないとも考えた。
　稔のためにインターハイをガムシャラに目指したように、また我を忘れて俊介が自分を犠牲にしたら……と怖かったから。
　でも、もし私が俊介の立場だったら、きっと知りたいだろう。
　考えたくもないけれど、残された時間が少ないのなら、後悔がないように稔との時間を過ごしたい。俊介もそう思うはず。
　稔のことを考えながらじっと俊介の部屋の窓をながめていると、それから30分ほどして彼が姿を現した。
　窓際へ移動すると、俊介はすぐに気づいて視線を合わせる。そして窓を開けた。
　こうして話すのはよくあることだったのに、稔と付き合い始めてからなくなった。
「里穂。お前、目が赤くない？」
　そんな指摘をされ、ハッとする。泣きやんだつもりだったのに泣いていたことがバレた。
　なにも言えないでうつむくと「稔か？」と身を乗り出す。
「話が、あるの」

「おぉ。いま、うち誰もいないから来られる？」

私はうなずき、俊介の家へと向かった。

久しぶりに入る彼の部屋は、なにひとつとして変わっていなくて居心地がいい。

私はベッドを背にして座った。

「麦茶しかないけど。足、崩せよ。里穂らしくない」

彼はそう言いながらグラスを小さなテーブルに置き、向かいに座る。

「うん。ありがとう」

妙に緊張して、正座をしていたことに自分で気がついていなかった。指摘されて足を崩したあと麦茶に手を伸ばしたけれど、とても飲む気になれない。

「もう全力で走れるようになったんだって？」

多香美からそう聞いたので、とりあえず聞いてみる。

「うん。正直長い間走ってなかったから心配だったけど、そこそこのタイムは出てる。あのとき里穂が止めてくれなかったら、もっとひどくして選手生命もダメになっていたかもな」

「そっか。それならよかった」

私は胸をなでおろした。

稔の話をする前に俊介のことを聞いたのは、心の整理ができていないから。

稔の死期が近いなんて、どうやって受けいれろというの？

「俺、今日は稔のところに行かなかったんだ」

すると彼はそれを察したのか、話を振ってきた。
「稔、ホスピスを勧められたって」
　思いきって切り出すと、俊介は目を丸くしている。
「ホスピスって、もうそんな状態だってこと？　だって、昨日も話したぞ。そりゃあ元気いっぱいとは言えないけど、まだ……」
　彼はそこで口をつぐむ。
　稔の命のリミットは『まだ』来なくても、『もうすぐ』来ると宣告されたんだとわかったんだろう。
「腫瘍が急速に大きくなっていて麻痺が進むはずだって。それで、おじさんが稔にどうしたいか聞いたみたいなの」
「嘘だろ？」
　彼はあんぐりと口を開け、悲痛な面持ちで私を見つめる。
　そしていつもの定位置——私の横に移動してきた。
　まっすぐ前を見すえて顔をのぞきこんでこない彼は、私が泣くとわかっているんだ。
「それで？」
「稔……私と過ごしたいって。私と一緒にいられないなら、ホスピスには行かないって。ホスピスのある病院は車で2時間くらいかかるみたいなの。電車で行くには不便な場所で、毎日は行けなくて……」
　そこまで話したところで、涙がこぼれた。
　稔の前では必死にこらえる涙も、俊介の前では簡単にあふれる。それはきっと、彼が私の弱いところを受けとめてくれるからだ。強がる必要がないから——。

私が泣きだしたことに気づいた彼は、スッと手を伸ばしてきて膝の上で握りしめていた手を包みこむ。
「でも、家では十分に看護ができないかもしれない。とっさのときにお医者さんがいないと、命を落としてしまうかも……」
　ホスピスを断ったと聞いたとき、まずそんな不安が頭をよぎった。
「里穂……」
「だったら私が休学して一緒についていこうかとも思った」
「稔はそんなことを望まない」
　やっぱり俊介もそう思うんだ。
「里穂が教えてくれたんじゃないか。試合の日、骨の状態がひどくなってもベストを出すつもりだった俺に、そんなことをしても稔は喜ばないって」
　私は大きくうなずいた。その通りだ。稔の心が痛いだけ。
「……うん。だけど私、どうしたらいいのかわからなくて」
　もし稔が、私のせいで最適な治療を受けられないとしたらと思うと怖い。
「稔、俺たちよりずっと覚悟があるんじゃないのかな」
「覚悟？」
　俊介に視線を合わせると、彼は眉をひそめながら続ける。
「そう。死を受けいれる覚悟。もう、治療する術がないのも知っているんじゃないの？」
「……そう、かも」
　目がよく見えていないいまは、初期の頃のように、ネッ

トから情報を収集してということはない。だけど、もうとっくにあらゆる可能性について調べてあり、死を待つしかなくなることも、ずっと前から知っているのかもしれない。
「その上で——リスクがあることもわかった上で、最期の瞬間は里穂と一緒にいたいと言っているんじゃ……」
　俊介の顔がいままで見たことがないほどゆがむ。
　そうだったとしても、そんなつらい決断を笑顔で『うん』と言えるほど私は強くない。
「稔の意見を聞いてやらなくちゃいけないんだろうな。けどさ……」
　俊介は唇をかみしめ、目を閉じる。
　私と同じように、彼もつらくてたまらないんだろう。
「おじさんとおばさんは、なんて？」
「稔の願いをかなえてあげたいって。だから私も、これまで通り毎日通うつもり」
「うん」
　俊介は納得いかないような表情をしつつも小さくうなずいた。
　私たちにできることなんてそれくらいしかないと、彼もわかっているはず。
「それと……」
　人工呼吸器のことを口にしようとしたのに、先に涙があふれてきて言葉につまる。
　稔の呼吸が止まるなんて、耐えられない。
「里穂？」

俊介はそんな私を、心配そうに見つめる。
「それと……延命のための、人工呼吸器はつけますかって聞かれたって」
「もう、そんな……」
　俊介はそのあと言葉を失くし、黙りこんだ。
「イヤ。稔がいなくなるなんて、受けいれられない」
　両手で顔を覆って涙をこぼすと、彼は私の肩に手を置き、優しく抱きしめてくる。
「ごめん。いまだけこうさせて」
「俊介……」
「稔、ごめん。里穂が壊れそうなんだ」
　そんな俊介の発言に、涙がとめどなくあふれてきて止まらなくなった。
「俊介、助けて。どうしたらいいかわからないの」
「里穂……」
　こんなことを問いかけても、彼に答えを出せるわけじゃないことは百も承知だった。
　けれど、誰かにこのはちきれそうになっているつらい気持ちを受けとめてほしかった。
　肝心の稔が、もっともっと苦しみつらい思いをしているのはわかっている。だからこらえて笑顔でいなければならないことも。
　だけどいまだけ泣かせて。稔の前では泣かないから。
　お願い。
「どうして奇跡は起きないんだ」

俊介の声も震えている。
　大きな背中に手をまわしてしがみつくと、彼も一層強く抱きしめ返す。
「神様、稔を連れていかないでくれ」
　そして、俊介は苦しげにそう吐き出した。
　それからどれくらいそうしていただろう。
　涙が枯れつくしてようやく俊介から離れると、彼もまた目を赤く腫らせていた。
「里穂」
　彼は私の頬を大きな手でぬぐいながら、優しい声を出す。
「……うん」
「人工呼吸器の件は、稔には……」
「聞けなかったって」
「そう……。稔に聞いたらたぶん……」
　顔をしかめる彼は、もう一度私を抱きしめる。
「つけない、って言うよね」
　私が反応すると、俊介は髪を優しくなでる。
　小さい頃私が泣くと、よくこうしてなだめてくれたっけ。
「そうだろうな」
　長い間付き合ってきた私たちには、稔の出す答えが見える。
　人工呼吸器をつけると話ができなくなる。自分の余命が短いと知っている稔がそれを選択するとは思えない。
「稔、記憶が途切れてきているんだ」
　俊介はゆっくり私を腕の中から解放し、顔を見ながら話

す。
「うん。今日聞いた」
「そっか。俺たち３人が初めて出会った日のことも、忘れたみたいで……」
　それは初めて耳にした。
「そうだったんだ」
「アイツ、すごく悔しいって言ってた。つらいんじゃなくて悔しいって。大切な人との思い出を忘れる自分の脳が恨めしいって」
「稔……」
　稔の気持ちを考えると、胸が張りさけそうだ。
「だから言ったんだ。忘れたらいくらでも教えてやる。お前は生きることだけ考えてろ。ほかのことは全部、俺と里穂がするからって」
　私は何度もうなずく。
　そう。私たちにできることはすべてやる。稔は稔にしかできないことをしてほしい。
「そうしたら、アイツ……」
　俊介はどうしてだか、泣きそうな顔をしながらも笑ってみせる。
「『それじゃあ、里穂のことばかり考えてる』だって。恥ずかしくないのかよ」
　稔がそんなことを……。だから俊介はさっき私を抱きしめたとき、稔に謝ったの？
　私は稔の彼女として彼を全力で支えるだけ。

それはたぶん、俊介も同じ気持ちだ。私のことも稔のことも『守りたい』と強く宣言した彼にも、並々ならぬ決意があるはずだから。
「俺、約束は果たすつもり」
「それって……」
「インターハイに稔を連れていく。その代わり、稔にも約束を守ってもらう」
「……うん」
　それまでは死なないという約束のことだ。
　だけど、骨折のことがあるので心配だった。インターハイは簡単に行けるレベルではない。
「そんな顔すんな。大丈夫。俺だってバカじゃない。ちゃんと学習したよ。ケガにはすごく注意してるし、限度を超えた練習はしてない。でも、絶対に行く」
　俊介の目が鋭く光る。
　私の大好きな意志の強い俊介だ。私がずっと恋いこがれてきた――。
「だから里穂は、稔のそばにいてやって。目をそらさないで、アイツを見ててやって」
「もちろんだよ」
「俺も稔の記憶を埋めに行くからさ。その役は、里穂じゃダメだろ？」
「稔と同じこと言うんだね」
　私が指摘すると彼は白い歯を見せる。
「稔が知りたいのは里穂のことなんだから。お前、いつも

俺や稔の心配ばっかりで自分のことなんて全然見てないじゃん。一番ふわふわして危なっかしいの、里穂なのに」
「そんなことないもん！」
　強めに反論したけど、そうかもしれないなんて心のどこかで思っている。
　ふたりにお説教をしたこともあったけれど、私が泣けば『俺たちがいるだろ』と優しく包みこんでくれた。ふたりのファンから嫌がらせを受けても、私を自分たちから遠ざけるという方法ではなく、盾になって守るという選択をしてくれた。
　いつも、助けられてきたんだ。
「でも、里穂」
　俊介は真剣なまなざしを私に送る。
「なに？」
「絶対にひとりでがんばるな。泣きたいときは俺んとこ来い」
「俊介……。ありがと」
　本当に私のことも守ろうとしているんだ。
　俊介の優しさに心が揺らぎそうになる。
　だけど、私のことをこんなに強く思ってくれている稔から離れたら、絶対に後悔する。
　稔が大事。彼と一緒に生きる。
　笑顔を作ってうなずくと、俊介は私の頭をポンと叩いた。

第3章

悲しい願い

　それからも毎日稔の家に足を運んだ。
　稔が倒れてからもうすぐ11カ月。生存率が50パーセントという１年を目前にして私たちは緊張を隠せない。
　俊介は練習に励みながらも、稔のところに顔を出す日々だ。私が帰った頃を見計らってくるのは、私についての秘密の話をしているにちがいない。
　恥ずかしい思い出話をされているのかもと思いつつ、それが稔の刺激になればいいとそのままにしておいた。
「稔。今日ね、体育でバスケやったらこけちゃった」
　なんとなく彼の手の反応が鈍くなってきた気がする。
　ゆっくりゆっくり私のほうに手を差し出す彼は、力なく微笑んだ。
　今日はいつになく調子が悪そう。おばさんの話では、朝から何度も嘔吐しているらしい。
「ここだよ。ごめん、手が冷たいかも」
　そんな声かけをしながら握ったけれど、握り返す力がすこぶる弱くてドキッとする。
　お願い。もっと強く握って。いってしまいそうで怖いの。
　そんなことを心の中で叫びながら、私は笑顔を作った。
「ケガ、しなかった？」
「膝をすりむいちゃったんだけど大丈夫。小学生みたいだよね」

私がクスクス笑って見せると、稔も口角を上げている。
　よかった。笑ってくれた。
「俊介……」
「ん？」
　声が小さくて聞きとれず、彼の口もとに耳を持っていく。
「今度、俊介と一緒に来て」
「えっ？　それはかまわないけど、ふたりで私の悪口言ってるんじゃないの？」
「まさか」
　稔の口調がとてもゆっくりだ。話しにくくなってきているんだろうか。
「里穂の悪口なんて、ひとつもない。ドジな話はいっぱいあるよ」
「失礼なっ」
　彼は目を閉じたまま白い歯を見せる。
　今日は長居をしたらつらいかもしれない。
「稔。体調悪そうだから、そろそろ帰るね」
「帰らないで」
　今日一番の大きな声に驚くと、彼は小さく首を振っている。
「もう、時間がない」
「え……」
　それは、死が迫っているということ？　それを自分で感じているの？
　ショックのあまり、とっさに適切な言葉が浮かばない。

「人工呼吸器……つけると、里穂と話せなくなるって」
　それじゃあ、人工呼吸器の話を聞いたんだ。
　とたんに速まる鼓動をコントロールできない。
　稔が生きてくれるならどんなことでもしてほしい。でも、それと引きかえに会話ができなくなるのはつらい。
　お願い、いかないで。ずっと一緒にいて。こうやっておしゃべりして、ずっと。
　どうしてそれができないの？
「だから……つけないと言った。母さんの介護が大変になるかもしれないけど、お願いしますって頼ん──」
「稔？」
　突然口を閉ざしたことに驚き、大きな声で呼びかける。それなのに反応はなく、握っていた手からも力が抜けた。
「稔！　イヤよ？　稔、起きて！」
　いままでも意識が落ちることはときどきあった。でも、こうして呼びかけるとすぐに戻ってきたのに、今日はその気配がない。
「おばさん！」
　私はあわてて部屋のドアを開けおばさんを呼んだ。
　それからおばさんが救急車を呼ぶ間、ずっと稔の手を握り名前を呼び続けていた。

「里穂！」
　おばさんと一緒に救急車で病院に行き、処置の間廊下のベンチで待っていると、俊介が息を切らせて駆けこんでき

た。
　病院に着いてすぐに多香美に連絡して、俊介に連絡を取りたいと伝えた。そうしたら練習を切りあげて来てくれた。
「稔は？」
「意識は落ちちゃったけど、呼吸はあるから大丈夫って。でも、もしかしたらこのまま戻らないってことも……」
　声が震えて続かない。
　まだ早いよ。話したいことがいっぱいあるのに。
「大丈夫。稔は戻ってくる」
　彼が力強く言うので、涙目になりながらうなずいた。
　戻ってきて、稔。いかないで——。
「おばさんは？」
「いま、先生と話をしてる」
　彼は私の隣に座り、励ますように肩を抱く。
「よくがんばったな」
「私はなにも……。稔ががんばったの」
「あぁ。アイツはがんばりすぎだ。けど、まだがんばってもらう」
　俊介はきっぱりと言う。
「朝から調子が悪かったみたい。何度も吐いたらしくて声に張りもなくて、手の力も落ちてて……。話すのもすごくゆっくりで」
　確実に死の足音が近づいていると感じたあの時間は、とてもつらくて怖かった。だけど、懸命に笑顔を作っていた。
「そうだったのか……」

「でも、一生懸命話してくれた。……人工呼吸器の話を聞いたみたい」
　私が涙をこらえながら伝えると、俊介はハッとした顔をする。
「それで？」
「私と話せなくなるのがイヤだから断ったって。おばさんに負担をかけるかもしれないけどって言うの」
　きっとおばさんは負担になんて感じていない。こうして救急車で運ばれることがあっても、稔が望むようにしてあげたいと思っているはずだ。
「まったく、稔は……。人の心配なんてしてる場合かよ。おばさんのことは、俺たちで支えればいい」
「うん」
　実際、私が稔のところに行っている数時間の間に買い物に行ってもらったり、疲れているときは寝ていてもらったりしている。
　おばさんはそのことに対して、こちらが恐縮するほど感謝してくれる。
「でも、稔がそう言ったのなら大丈夫」
「えっ？」
「里穂と話したいから、人工呼吸器がイヤなんだろ？　それなら里穂と話すために戻ってくる」
「そう、だね」
　いまはそう信じたい。

それから５分ほどして、おばさんが戻ってきた。
「俊介くんも来てくれたんだね。ありがとう」
　深々と頭を下げるおばさんに驚き立ちあがると、俊介が「当然ですから、お礼なんていりません」と声をかけた。
「稔は？」
　私が聞くと、おばさんの表情が少しだけゆるむ。
「いま、看護師さんから意識が戻ったと聞いて、少しだけ会ってきたの。まだ話せないけど、手は握ってくれたわ」
「よかった……」
　全身から力が抜けて腰が抜けそうになると、とっさに俊介が支えた。
「あぶな。里穂、少し休む？」
「ううん。稔に会いたい」
　意識が戻ったのなら会えるかもしれない。
「実はね、またいつこういう事態が起こってもおかしくないところまで来ていると言われてしまって」
　おばさんは悲しげな表情を浮かべる。
　予測していた事態ではあるけれど、胸が痛くて張りさけそうだ。
「自宅での介護は限界かもって。何度も救急車を呼ぶわけにはいかないし、このまま入院したほうがいいと。それで、いまは落ちついてるから、入院手続きをするように言われてね」
「そう、ですか……」
　ついさっき、俊介とおばさんを支えると約束したばかり

なのに。
「私、毎日来ますから」
　ホスピスは遠いけど、ここなら来れる。稔が倒れ、放射線治療をしている間も通えていたから問題ない。
「でも、家からは遠いでしょ？」
「遅くなっても俺が迎えに来ますから。里穂のことは責任持って送りとどけます。俺も稔に会いたいし」
　すかさず俊介が口を挟んでくれてうれしかった。
「本当にふたりには……。なんとお礼を言ったらいいのかわからない。稔はふたりに会えて幸せだったのね」
「おばさん、まだ終わってないです。俺たちは奇跡を信じてます。これからも３人で楽しい思い出を作るんです」
　幸せ"だった"という過去形が気になったのかもしれない。俊介は語気を強める。
　私も同じ気持ちなので口を開く。
「おばさん、稔はまた笑ってくれます。だから私たちも笑います」
　俊介の前では泣いてしまうけど、稔の前では決して泣かない。
　彼は私と話したいがために、延命を断るとまで言っている。
　それなら、もし稔の耳が聞こえなくなったとしても……もしなんの反応を示さなくなったとしても、私は彼に愛情を傾け続けるだけ。
「里穂ちゃん……」

「里穂の言う通りです。俺たちまだ話したりなくて。稔が自分の足で歩いて見に行けないぶん、外の話を伝えます。そうして3人で思い出を重ねていきます」

俊介が続いたので、私も大きくうなずいた。

ささいでくだらない話ばかり。だけど、日常のちょっとしたひとコマも、自分で経験できない稔にはきっと新鮮で貴重なはずだ。

「ホントに、ありがとう」

おばさんは目頭を押さえる。

「稔に会えるまで待っていてもいいですか？」

「ありがとう。もうすぐ、病室に移してもらえるの。そうしたら、会ってやって」

「はい」

おばさんにハンカチを差し出しながら返事をすると、俊介もうなずいた。

それからおばさんは入院手続きをしに行ったので、残った私と俊介は処置室から稔が出てくるのをひたすら待った。

「里穂。大丈夫？」

「うん」

稔の意識が戻らず、すごく焦ったし緊張もした。だけど、ホッとひと安心だ。

「稔が俊介と一緒に会いに来てほしいって、意識がなくなる前に私に言ったの」

「そう、なんだ。なんか伝えたいことがあるのかな？」

ふたり一緒にではないけれど、私は毎日顔を出しているし、俊介も足を運ぶ回数は増えている。だけど、3人で話したいことがあるんだろうか。
「わからない。でも、少し元気になったらお願いできる？」
「もちろん。それと、俺は部活が終わったら必ずここに来るから、絶対にひとりで帰るなよ。遅くなるから心配だ」
「ありがとう」
　彼の優しさが身に染みる。
　部活のあとに毎日来るのは負担にちがいない。だけど、俊介に甘えよう。
　私にもしなにかあれば会いに来られなくなるし、稔が余計な気をまわして面会を断ってきたら困る。
「今日、南関東大会の申しこみをしたんだ」
　それから俊介はそう話し始めた。
　彼は先日行われた県大会で見事2位で走りきり、出場資格を得ていた。南関東大会で6位以内に入ればインターハイに出場できる。
「そんな時期なんだね」
「うん。去年は稔と一緒に出られたのに……」
　去年はふたりともぎりぎり残り、南関東大会に出場している。順位は下から数えたほうが早かったけど、それでも1年生にしては快挙だった。
　稔はあんなに軽快にハードルを跳びこえて110メートルを駆けぬけたのに、それからたった1年余りで死の淵にいるなんて信じられない。

人の命がこんなにはかないなんて知らなかった。
「俺、稔の想いと一緒に走る。アイツのぶんまで走る」
「うん」
　一時期はガムシャラにその切符(きっぷ)を目指して、まちがった方向に進みつつあった。
　あの頃はまだ稔の病気とどう向きあっていいのかわからず、冷静そうに見えた俊介もとまどいばかりだったんだと思う。
　私も、そうだった。
　稔のそばにいたい一心でマネージャーを辞めると即決し、寄りそった。
　いまでもその決断は後悔していないし、もしもう一度人生をやりなおしても同じ判断を下すだろう。
　稔が倒れて、私たちは深い森の中をさまよっていた。
　たまたま私の選んだ道が明るい方向へと続いていて、俊介の選んだ道がまちがっていただけ。
　それはいまも同じ。私たちの選択が正しいかどうかなんて、あとになってみなければわからない。
　だからこそ稔の気持ちを丁寧にくみとり、慎重に動かなくては。
「だから、練習積まないと。ずっと稔のそばにはいられないけど、里穂に任せてもいい？」
「うん、了解」
　私たち３人の絆は、この先永遠に途切れたりしない。
　もしも稔が天国に旅立ったとしても。

それから20分後。おばさんが戻ってきたあと、病室の準備ができたということで、稔が処置室からストレッチャーに乗って出てきた。
「稔、よくがんばったね」
　俊介に背中を押されその横に歩みよった私は、彼に声をかけた。
　すると稔は目を閉じていたのにうっすらと開き、左の口角が少しだけ上がった。
　麻痺は右から進んでいる。それは腫瘍のできている位置に関係しているらしい。もしかしたら表情も右側から失われていくのかもしれない。
　でも、私たちの心はつながっている。もし稔が笑ったり泣いたりできなくなっても、私や俊介が感じとってあげられればいい。
　稔はすぐに目を閉じたけれど、反応したことがうれしくてたまらず、俊介と顔を見合わせて『よかった』とアイコンタクトをする。
　それから個室に移り、俊介とふたりでずっと話しかけていた。私は稔の左手を強く握りしめながら。
「稔。今日インハイ予選の申しこみしてきたぞ。200のほうが先だったから、今回は100だけに絞った。ほら、俺のことだから200で力を使っちまうし」
　俊介はそういうところがある。どれも手を抜けない彼らしいし、それでもよい成績を残してはいるけれど。
　だけど今回はインターハイという目標だけを見ているか

ら、ほかは切りすてて100にかけるんだろう。
「そうそう、俊介はときどきやらかすもんね」
「はぁっ？　里穂に言われたくない。俺たちがどんだけお前の尻ぬぐいしてきたと思ってるんだ。な、稔？」
　俊介はいつもの調子で私に話しかけてくる。このトーンが心地いい。
「尻ぬぐいなんてさせてない！」
「お前、今日も体育でこけたんだってな。骨折でもしたんじゃないかと思ってあわてて保健室に行こうとしたら、木島がすりむいただけだって」
「木島くん？」
　彼は今年同じクラスになった陸上部の部員。部活のときに聞いたのかな。
　……でも、体育は２時間目だったから『あわてて保健室に行こうとした』ってことは、ケガをした直後に聞いたの？
　不思議に思い声をあげると、俊介は「あっ」と口を手で押さえる。
「まあ、その……あれだよ。里穂がドジばっかりするから、木島に見張っとけって言ってあるんだ」
「見張られてたの？」
　そんなことまったく知らなかった。
　だけど、そこまで気にかけてくれていたんだ。
　もしかしたらいままでいろいろな嫌がらせを受けてきたので、それも気にしているのかな。
『尻ぬぐい』とはちょっとちがうけど、たしかにずっと心

配をかけているような。
　小言を言うのは私ばかり。でも、助けてくれるのは俊介と稔のほうだ。
「稔も心配でゆっくり寝ていられないだろ。お前のこと、大好きなんだからさ」
　そう口にする俊介の耳がほんのり赤く染まっている。
　突然なにを言いだしたのかと俊介をじっと見つめると、彼は焦ったように稔に視線を移し、口を開いた。
「なぁ、早く目覚めて自分で言えよ。さすがにこんなことを代わりに伝えるのはこっぱずかしいじゃん」
　俊介の顔がますます赤くなっていく。
　まさか、稔の気持ちを代わりに口走るとは。
　だけど、その様子を見ていた私のほうが恥ずかしくなってきた。
「もう、なに言ってんだか！」
　私は照れくささを隠すために、わざと大げさに怒ってみせる。すると俊介はようやく私と視線を合わせてクスッと笑った。
　するとそこに、おじさんが飛びこんできた。おばさんから連絡を受けて職場から駆けつけたんだ。
「稔！」
「大丈夫。稔は里穂ちゃんと俊介くんとおしゃべりして楽しそうよ」
　おばさんの放った言葉に目を丸くする。稔はひと言も話していないのに。

だけど、稔の表情が穏やかになっているように感じて、彼もきっと私たちの会話に加わっていたんだろうなと納得した。
「はー、よかった……」
　おじさんは大きく息を吐き出し、安堵の声をもらす。
　ここからは家族だけにしてあげよう。
　そう思って俊介に目配せすると、彼も同じことを考えていたみたい。
「稔、また来るな。入院してもしつこく来てやるから心配するな」
「なによ、その上からな感じ。稔、また明日ね。明日はなんの話をしようか考えておいてね」
　握っていた手をもう一度強く握ると、かすかに彼の指が動き、『わかった』と返事をした気がした。

　病院から出ると、もう空には無数の星が瞬いている。
　稔の脳腫瘍が発覚したばかりの頃も、こうやって俊介と一緒に病院に通っていたっけ。
「里穂、平気？」
　彼は病室にいたときとはまるでちがう低いテンションで尋ねてくる。
「うん。俊介が来てくれてよかった……」
　稔の意識が遠のいたときは、頭が真っ白になった。おばさんを支えなくちゃと思ったのに、オロオロするばかりでまったくなにもできなかった。

私がそう伝えると、彼はふと足を止めて天を仰ぐ。
「稔、星になっちまうのかな……」
　彼が切なげな声でつぶやくので、私も空を見上げた。
「いってほしくない」
「もちろんだ」
　俊介はそう言いながら私の手を握る。さっき稔の手を握っていたのとは反対の右手を。
　だから私は左手も差し出し、稔とつないでいるところを想像した。
　私たちはいつも一緒だ。もしも稔が星になってしまったとしても。
「里穂。言いたくないけど言っておく」
　俊介は妙な前置きをする。
「なに？」
「もしかしたら稔は、このまま話せなくなるかもしれない。意識は戻ったけど、いつまた落ちるかもしれない」
「……うん」
　私もわかっている。だけど俊介は確認したいんだろう。最期を見届ける覚悟があるのかどうか。
「俺はお前のことも心配なんだ」
「ありがと。でもね、やっぱり離れられないよ。稔は私にとってかけがえのない人なの。稔が望むなら、一番近くにいたい」
　俊介が心配するように、稔の最期が来てしまったら、自分がどうなるのか予想もできない。

人工呼吸器の話を俊介にしたとき『里穂が壊れそう』と彼はつぶやいたけれど、冷静でいられる自信なんてまったくない。それくらい、稔の死は受けいれがたい。
　だけど、稔のことが大切だからこそ、目をそらしちゃいけない。
「そっか。わかった。けど、俺もいるからな」
「うん」
　うなずくと、彼は私の頭をくしゃっとなでた。

　稔の意識が混濁(こんだく)した日から病院に通い続けて３週間が経った。
　稔はあれから少しだけ回復して、ゆっくりとなら会話を交わせる。
「稔、ただいま」
「おかえり」
　まだ少し残っている左目の視力を使って私を探し、いつも通りに左手を持ちあげる。
「ここだよ」
　だから私は笑顔でそれを握った。こうするのが稔にとって一番落ちつくみたい。
「稔、体調は？」
「頭が痛いけど、薬を飲んだ。脚も痛い」
「脚も？　マッサージしてあげようか」
　ずっと動かしていないので、関節が硬くなっているようだった。

布団をめくると、あんなに筋肉がついていた脚が棒のように細くなっていて、目を背けそうになる。
「痛かったら言ってね」
「ありがと」
　それでも、務めて明るく振るまっているつもりだけど、できているだろうか。
「あとで俊介も来るよ。今日は稔と話したいから少し早めに部活抜けてくるって」
「うん」
　稔の希望通り、俊介は3人で話す時間を作ってくれた。
　だから稔は喜ぶかと思ったのに、一瞬表情を曇らせた。
　リハビリをするように脚を動かしていると、おばさんが洗濯から戻ってきた。
「里穂ちゃん、いらっしゃい」
「こんにちは。おばさん、もうすぐ俊介も来るので少しお休みになってください」
　病院の付きそいはかなり疲れるはず。本来、夜間は病院にお任せして家に帰るけれど、付きそいを許されている。それは、この前のときのように突然意識がなくなったら、稔が自分でナースコールできないからだ。
「そうして」
　稔もあと押ししてくれたので、おばさんは「それじゃあ」と出ていった。
「来たぞ！」
　それから20分。とんでもない登場の仕方をしたのは俊介

だ。
　俊介がベッドサイドのいすに座っていた私の横に立つと、稔は左の口角を上げる。喜んでいるみたい。
「聞けよ。さっきベスト出たんだぜ。絶好調。この調子で来週の大会もクリアだ」
「すごいじゃん、俊介」
　思わず口を挟む。
　やっぱり俊介なら、稔との約束を果たすだろう。
　走れない稔の前ではしゃぐのは酷かもしれないと、最初のうちは思っていた。だけど、稔が俊介の活躍を楽しみにしていることが表情から伝わってくるので、私たちは正直に感情を表すようにしている。
「がんばれ、よ」
「おぉ」
　俊介は私が握る稔の手を、さらに上から包みこむ。
「俊介」
「ん？」
　稔は俊介の名前を口にしたあと、顔を彼のほうに向ける。
「お前に、頼みがある」
　稔はそこまで話すと顔をしかめる。
「稔、どうしたの？　どこか痛む？」
　あわてて尋ねたけれど、彼は首を横に振り再び口を開いた。
「里穂を……守ってやって」
　えっ？

思いがけない発言に目を白黒させていると、俊介も首をかしげて稔を見つめる。
「あぁ、もちろん。コイツ、ふわふわしてて危険だもんな。稔が見ていられないところではちゃんと監視(かんし)してるぞ」
「そうじゃ、なくて。一番近くで……」
『一番近く』って？
　稔がなにか重要なことを話そうとしているように感じて、心臓がドクドクと暴走を始める。
「それは稔の役目だろ？」
　俊介が問いかけると、稔の目尻から静かに涙がこぼれていく。
　どうしたの？
「もう、俺にはできないから。俊介が、里穂の手を握って」
　なんてこと、言ってるの？
「は？　そんなのお断りだ。里穂の手は稔が握っていればいいじゃん」
　俊介は眉をひそめながら反論する。
「俺はもうすぐ、里穂のそばにいられなくなる」
「稔？　なに言ってるの？　そんな弱気なこと言わないで！」
　興奮して身を乗り出すと、俊介がなだめるように肩に手を置くからハッとする。
「里穂。俺は、脳腫瘍(のうしゅよう)のおかげで里穂の彼氏になれた」
「ちがう……」
　否定したのに稔は首を振る。

「ごめんな。里穂の優しい気持ちを利用した。あんなふうに告白されたら断れないとわかってて」
「稔……」
　たしかに断れなかった。だけど、無理やりなんかじゃない。
「私、稔のこと好きだよ」
「それは友達としてだよ」
　稔に断言され、息が止まる。そして、すぐに否定できなかった。
「ホントは俺、俊介の気持ちも里穂の気持ちもわかってた」
「え……？」
　疑問の声をもらすと、稔は続ける。
「ふたりが互いを想ってること」
　稔はそう言うと、悲しげな表情を浮かべる。
　互いを？　どういう意味？
「俊介は俺が里穂のことを好きだって知ってたよね」
「だな」
　俊介の返事にもまた驚き、声も出ない。
「俺も俊介の気持ちを知ってた。それと、いつも俊介のことを見てる里穂の目も。仕方ないよね。ふたりは俺が出会う前からずっと相思相愛なんだし」
　稔の左側の口角が上がる。
『相思相愛』って？　私は俊介が好きだったけど、俊介も私をってこと……？
　混乱して頭が真っ白だ。

「俺、それを知ってて卑怯な手を使った。里穂はイエスとしか答えられないとわかっていて、好きだと告白した。ごめんな俊介」

　嘘……。

「バカだな、お前。そんなこと黙っておけばいいのに」

　俊介はあきれたような口ぶり。だけどその目は真剣だった。

「里穂。俺と付き合ってくれてありがとう。すごく楽しくて……。里穂とまともなデートもできなかったし、結局世話ばかりさせて、俺のひとりよがりだった」

「ちがう。ちがうよ」

　涙がこぼれそうになりぐっとこらえる。

「私も楽しんでるんだよ。稔とおしゃべりできて、稔の知らなかったところを知って……。そりゃあ、心配でたまらないけど、稔が私の話を聞いて笑ってくれるのがうれしくて」

　泣かないように必死にこらえていても、声が震える。

　私は犠牲になったわけじゃない。進んで稔のそばにいたかったんだ。

「稔と過ごした時間は、私の宝物なの」

　やっとのことで伝えると、彼は握っていた手に力を込める。

「ありがとう、里穂。やっぱ好きだわ」

　稔の精いっぱいの告白が胸に突きささり、切なさで苦しい。

どうしてこのままではいられないんだろう。
「俊介、頼む。俺の大好きな里穂をお前が守るって約束して」
「なんだよ、それ……」
　俊介は肩をすくめて吐きすてるけれど、硬く握った拳が震えている。
「約束してくれなきゃ、安心していけないだろ」
　稔がそうもらしたとき、我慢しきれなくなった涙が頬を伝った。
「イヤだ。いかないで」
　稔の前では笑っていたかったのに、涙を止められない。
「ごめんな、里穂。たぶんもうすぐお迎えが来る。俺、必死に覚えているからさ。里穂と俊介の優しさ。この手の温もり。だから、俊介と幸せになってほしい。俺の願いはそれだけ」
　どうしてそんなに強くいられるの？
　どうしてそんな悲しいセリフを、落ちついて口にできるの？
「楽しかったなぁ。ふたりに出会えて、俺の人生はパアッと明るくなって。くだらないことしゃべっているだけで、テンションが上がっ……」
「稔？」
　彼が突然しゃべるのをやめ、目を閉じるのでドキッとする。
「稔、どうした？」
　俊介も焦りをにじませた声で問いかける。

でも、私の手を強く握ったので、意識があると安堵した。
「ごめん。なんで腫瘍なんて……」
 稔の放った言葉は、ここにいる3人が等しく感じている。
 どうして稔がこんなに苦しまなくちゃいけないの？
 私も俊介もかける言葉が見あたらず、少しの間沈黙が訪れた。
 しかしそれを破ったのは稔だった。
「なぁ、俊介。頼む。里穂の幸せを守って」
 私のことなんていいのに。自分のことだけ考えていて──。
「わかった。里穂のことは俺に任せろ。だけどお前の腫瘍が治って一緒に走れる日がくると、俺たちは信じてる。あきらめたら許さない」
「そうだね。すっかり治ったら、また里穂は俺のものだから」
 稔はクスッと笑みをもらす。
「はっ？ それはそんときの勝負だぞ。簡単にはやらないからな」
 俊介は少し困ったような表情を浮かべながらも、おどけた調子。意識して明るい口調を保っているんだろう。
「里穂、あれやって。『私のために争わないで』って」
「もう、バカッ！」
 稔がとんでもないことを言いだすので、ふき出しながら心で泣いた。
 ふたりから大切に想ってもらえて、胸がいっぱいだった。
「ありがとな。俺、俊介と里穂に出会えて幸せだ」
 やめて。もうこれで終わりみたいなセリフは聞きたくな

い。
「それはまだ早すぎるぞ、稔」
　すると俊介が指摘する。
「いや。またいつこの前みたいに意識がなくなるかわからない。だからその前にふたりにありがとうが言いたかった。こんなふうに終わるのはすごく悔しいけど、幸せだったんだ。ホントにありがとう」
　そんなことを言わないで。もっと生きて。お願い。
　稔の強い言葉に、ついに俊介も涙を流し始める。
「バカヤロウ。まだ早いって言ってんだろ」
　俊介の言葉からその悔しさが伝わってくる。もちろん、私も。
「はは、叱られた。ごめん、ちょっと疲れた。眠っていい？」
「あぁ。ゆっくり寝て。でも、ちゃんと戻ってこいよ」
「わかってる」
　稔はそう言ったあと、スーッと眠りに落ちていった。
「里穂」
　俊介は私の肩を抱きしめる。
「イヤだよ……」
「稔はまだ約束を果たしてない。絶対に戻ってくる」
　それはインターハイに行くまでは死なないという約束のこと？
　だけど地区大会はもう来週末だ。
　稔の命の期限が短いことを改めて意識して、胸が苦しくてたまらない。

それからおばさんが戻ってくるまでの１時間。あふれる涙を止められず、声をかみ殺して泣く私を俊介はずっと励まし続けた。
　そして私は稔の手を握り、彼をずっと見つめていた。
　よほど疲れたのか稔は目を覚ます気配がなく、私たちは病室を離れた。
　それから俊介に手を引かれ、１階の誰もいない待合室へと足を運ぶ。
「里穂。稔は全力で生きぬくはずだ。俺たちも負けられない」
「……うん」
　ぬぐっても止まらない涙を見た俊介は、そっと私を抱きしめる。
　壊れものを抱くように、ふんわりと優しく。
「いまは好きなだけ泣け。けど、最後の一瞬まで稔の支えになるんだ」
「俊介……」
　私はその言葉をきっかけに、声をあげて泣き始めた。
　神様はやっぱりいないの？　こんなに必死になって生きようとしている稔を救ってくれないの？
　最期なんて考えたくない。
　だけど、稔がそう感じているんだから、それも間近なのかもしれない。
　俊介はずっと私の背中をトントン叩いたり、髪を優しくなでたりしてくれていた。
　小さい頃から私を守り続けているこの手は、私の――そ

して稔の最大のピンチを救ってくれるような気さえする。
　でも、それはさすがにかなわない。
　しばらくしてやっと泣きやんだ私は、俊介に促されて病院を出た。
　初夏独特の生ぬるい風が、私の頬をなでていく。
　稔と共有したかった。この風も、明日の景色も。

果たされた約束

それから稔は、悪化の一途をたどった。

あの日から1週間。私が手を握れば握り返すけれど、まったく話せなくなった。麻痺が一気に進み、話すこともままならず、ドロドロにして食べていた食事すら飲みこめなくなったため、鎖骨のあたりの静脈に栄養を直接注入する措置が始まった。

それでも私は毎日通い、できるだけ元気に話しかけている。

「稔、ただいま。今日はちょっと天気が悪いの。雨で廊下が濡れてて、滑ってころびそうになったんだよね。そうしたら、それを木島くんに見られてて……。次の休み時間に俊介が来て『今日は転ばずに済んだみたいだな』って笑うんだよ。もう、木島くんもそんなことまで伝えなくてもいいのにね！」

と言いつつ、気にかけてくれる俊介には感謝している。

最近はふとした瞬間に稔のことを考えて、授業すら耳に入らなくなることも多い。それを俊介は知っていて、ちょっとしたことでも全部把握しようとしているんだと思う。

「稔、汗かいてるね。額ふこうか」

私がタオルで彼の額の汗をぬぐうと、彼はほんの少しだけ微笑んだ。

もうあからさまに感情を表すことはできなくなった。だ

けど、私にはわかる。
「俊介、がんばってるよ。今朝の練習でもベスト出したんだって。多香美がびっくりしてる。このままいけば軽々インターハイの切符ゲットだって」
　俊介は去年と比べると１秒近くタイムを更新している。もともと速かった選手にとっての１秒は大きい。
「そうそう。地区大会の様子がネット配信されるんだって。タブレット借りてくるから、一緒に見ようね」
　稔が倒れるまでは、ふたりの試合は目の前で見てきた。
　だけど、いまは稔と一緒にいる時間を削りたくない。
　私が応援に行けなくても、俊介は必ずやる。
　必ず、インターハイの切符をもぎとると信じてる。
「稔、里穂ちゃんが来るとちがうわ」
　すると私たちの様子を見ていたおばさんが話しかけてくる。
「そうなんですか？」
「そうよ。表情が穏やかになるの」
　おばさんはそのあと、口もとを押さえて黙りこむ。
　実は昨日、俊介と一緒に帰ろうとしたところを呼びとめられ、『もう覚悟してくださいと先生に言われたの』と伝えられた。
　それを聞いた私は歯を食いしばって泣くのをこらえることしかできなかったけれど、俊介はすぐに口を開いた。
『まだ絶対にいきません。稔は約束を破ったりしません』
　彼の強い言葉は、おばさんも私も奮いたたせた。

「稔、そうなの？　うれしいな」
　私は笑顔を作った。泣いていたって稔は喜ばない。
　それから夜もよく眠れていないというおばさんがうとうとする横で、私は稔に話しかけ続けた。
「中学のスキー合宿、覚えてる？　スキーが初めての私がへっぴり腰で滑ってたら、俊介と一緒に笑ったでしょー」
　ボーゲンを滑るのにも冷や汗たらたらで、全身筋肉痛になったのを思い出した。
「まあね、俊介なんてすいすいパラレルまでやってみせるし、稔も3回目だからって余裕の顔して滑ってて、笑われても仕方ないけどさぁ。乙女は傷つくんだから」
　だけど、それだけじゃない。
「でも自由時間に私のところに来て教えてくれたのはうれしかったな。滑れるんだからリフトに行っておいでよって言ったのに、ふたりとも『いいから』の一点張りで。そのうち私みたいに滑れない女子が集まって、ちょっとしたスキー教室になったよね」
　結局ふたりは自由時間の全部を、私たちの指導に費やした。
「そうそう、中2の文化祭も笑ったよね」
　稔はあきらかな反応を見せないけれど、時折指をピクッと動かす。きっと聞こえている。だから私は話を続けた。
　もしかしたらもう欠けているかもしれない記憶を、共有したかった。
「あのとき、うちのクラスはなにやったんだっけ……」

中２のときは稔と私が同じクラスで、俊介は隣だった。
「あっ、モザイク画だ。あはは、自分のクラスのこと忘れちゃってる。だってねぇ、俊介がおもしろすぎて……。稔のしてやったりって顔、いまでも思い出せるよ」
　思い出すと顔がにやける。楽しかったな。
　あのとき俊介のクラスは、かき氷屋さんをやっていた。彼は宣伝係で、プラカードを作り校内を勧誘して歩いていたんだけど、それを発見した私と稔が『もっと目立ったほうがいいよ』なんて、顔に水性ペンで"氷"と書いた。
「稔ったら真顔で、『ただの字じゃ寂しいから、装飾してやる』なんて……」
　そのときの光景を思い出すと、笑いがこみあげてくる。
「頬にキスマークとか、渦巻きとか書き放題だったよね。で、俊介はそれにしばらく気づかずにまわってて……トイレに行って初めて知って、すごい剣幕でうちのクラスに来たっけ」
『妙にじろじろ見られると思ったら！』とプンプン怒って乗りこんできたけど、"イケメン"で通っている彼の砕けた姿は意外と評判だったし、私がふき出すと俊介もおなかを抱えて笑いだした。
　あの頃は、こんな日がやってくるとは知らず、くだらないことばかりしてもったいない時間の使い方をしていた。
　いや、あれで正しかったのか。
　たしかに私たちは笑顔だったし、こうして楽しい思い出として心に刻まれているんだから。

そんなことをずっと話しているうちに、俊介がやってきた。

目覚めていたおばさんは入れかわるようにして売店に出かけていく。

「稔、来たぞ。わかる？」

俊介は私と反対側にまわり、稔の右手を握る。

「俊介。左手握ってあげて」

右側の機能のほうが先に失われているので、感覚が伝わらないかもしれないと促すと、彼は首を振る。

「左手は里穂が握ってろ。ほら、好きな子に触れたあとはなんにも触りたくないってあるじゃん」

「なに言ってるの！」

冗談かと思いきやそうでもないらしく、彼は右手を握ったまま離そうとしない。

そういえば思いもよらず俊介の恋心を伝えられたあとも、彼はなにも言わない。いままで通り接している。そして、稔との時間を過ごさせてくれている。

「男なんてそんなもんだ。嫉妬深い生き物なんだぞ。勉強になっただろ」

俊介はおどけた調子でそう言ったあと、「なぁ、稔」と話しかけている。

「そんなことより、さっきまたベスト出たぞ。もう万全だ。ケガをしないようにゆるめに調整して、体の疲れも取らないと。あとは、稔と里穂の声援があれば、必ずインターハイに行ける」

俊介は稔に宣言したあと、私にもチラッと視線を合わせる。
　きっと彼はやる。そのためにコツコツ努力を重ねてきたんだから。
「で、スタートリストが出た」
　俊介はスマホを取り出して操作すると、画面を稔に見せる。ほんのときどきしか目を開かなくなった稔に。
「ほら、ここ。6組の5コース。予選のライバルは2、3コースの3年生だな。でも、予選はもちろん通過するし、決勝の6位以内は死守する」
　今週末の試合で6位までに入賞すると、インターハイの切符を手にできる。
　県大会のタイムを照らしあわせてみたが、試合でのベストタイムで並べると彼は4位だ。ちょっとしたミスで順位は入れかわるけれど、さらにベストを更新し続けている俊介なら6位以内は決して夢ではない。
「お前と一緒に走るからな。ちゃんと背中押せよ」
　俊介は真剣な目で稔を見つめている。すると、稔の左手がほんの少し動き、私の手を握りしめた。
「俊介。稔、わかったって」
「ホント？」
　やっぱり右手は動いていないようだ。
「うん。いま、握った」
「よし。頼んだぞ、稔」
　俊介がそう口にした瞬間、もう一度稔の手が動いた。

そして試合当日。

日曜の今日は、お見舞いも多く、少し廊下がざわついている。

稔の容態は安定しているが、よくなってはいない。意識のレベルが低下して、もう目を開けることもない。ずっと眠っているみたいだ。

なにも言わないけれど、おじさんとおばさんは覚悟を決めているように感じる。おじさんは3日前から仕事を休んで稔のそばにいた。

稔の脳腫瘍が発覚してもうすぐ1年。

もしかしたら今日という日も迎えられないかもしれないという状況の中、彼は必死に踏んばった。だけど、まだまだ生きてほしい。

だって、明日画期的な治療法が見つかるかもしれないじゃない。そうしたら、俊介と一緒に風を感じながら走ることができるかも。

そんなふうに思っていたかった。

「稔。もうすぐ始まるよ。さっき俊介から電話が来て、すごく体が軽いって言ってた。稔にちゃんと見てろと伝えてって。タブレット持ってきたからね。解説はないみたいだから、私が伝えるね」

母に借りたタブレットを取り出し、動画が配信されるサイトを表示する。もう100メートルの予選は始まっていた。

「んーとね、いままで走った組のタイム見てると、俊介は余裕で勝てそうだよ。まだこれから強い選手が出てくるだ

ろうけどね」
　私は稔の左手を握りながら語りかける。
「次の組がスタート。あっ、3コーススタートミスしちゃった」
　こういうことがあるので、絶対はない。だけど俊介は大丈夫。私は強く信じてる。
「先頭がゴール。タイムは……。全体の3位。次は5コースの佐藤くんが有力かな。稔も知ってるでしょ？」
　佐藤くんは、地区大会まで行くと必ずいる俊介のライバル。同じ学年の彼には、中学のときに何度も負けている。だけど、最近は俊介がぐんとタイムを伸ばしていて少し差がある。それだけ俊介が努力してきたんだと思う。
「佐藤くん、1位でゴール。さすが、勝負強いね。タイムはいまのところ1位」
　見えない稔にも伝わるように解説を続ける。
「あっ、俊介が映った」
　俊介は次の次。準備している姿がチラリと映りこんだ。
「俊介……太ももが前よりがっしりしてる。すごいな」
　制服は長ズボンだし、クラスが別れたから体育で半ズボン姿を見ることもない。だから久しぶりにユニフォーム姿の彼を見て驚いた。
　まだ小さくしか映っていないのに、隣の選手とはあきらかにちがう仕上がり具合で俊介の真剣さが伝わってくる。
　前の組がスタートしたのに、緊張で実況できなくなった。
　すると、稔の指がピクッと動く。

「ごめん。大丈夫だよね。だって、稔も背中を押してるんだもんね」

きっと励ましてくれたんだ。

「稔。俊介だよ」

そして俊介が5コースに並んだ。

一瞬空を見上げた彼は、すぐにゴールのほうへと視線を移す。

映像はあまり寄らないのでその表情までは読みとれないが、きっとやる気がみなぎっているはず。

「スタート位置に着いたよ」

緊張で稔の手を強く握ってしまう。

「大丈夫。俊介はやるよね」

稔に語りかけながら、自分にも言いきかせる。

スターティングブロックに足をかけるとスタートのコールがあり、俊介の腰が上がる。

「スタート。反応いい感じ」

俊介は前傾姿勢でスタートした。このスタートの姿勢も、何度も何度も練習していたと多香美から聞いている。少しも準備を怠らなかった俊介が失敗するわけがない。

「3コースが出てる。その次が俊介」

50メートルを通過したあたりでは、3コースの選手が一歩リード。そして俊介とほとんど変わらず2コースの選手が並ぶ。

互いに譲らないかに見えた。でも、そこから伸びたのは俊介だった。

「あっ、抜けた。いま、俊介が1位！」
　興奮気味に叫んだ。
「すごいよ。圧倒的。もう誰も追いつけない」
　そこからが圧巻だった。俊介は後続をぐんぐん引きはなし、あぜんとしている間にゴール。
「あぁっ、そのまま1位。ぶっちぎり」
　予選はこれで突破。このあと準決勝、そして決勝へと進む。
「俊介、すごいよ。こんなに強くなってるなんて知らなかった」
　予選が終わった時点で、タイム順に並べると彼は3位だ。
　そして準決勝も危なげなく勝ちすすみ、いよいよインターハイの切符をかけた決勝。
「稔。そろそろ決勝だよ。私のほうが緊張しちゃう」
　ドキドキしながら、画面を見つめる。
「スタートに着くよ」
　俊介がスターティングブロックに足をかけると、緊張がピークに達して、うまく息が吸えなくなった。
「始まる」
　そして一斉にスタート。スタートの得意な俊介は、ひとりポンと飛び出したように見える。
「スタートは上出来」
　だけどレベルの高い争いで、簡単には抜け出すことができない。有力選手が隣に並ぶ。
「接戦。3人並んで1位争いしてる」

そのうちのひとりは俊介。

お願い、踏んばって！

ハラハラしながら見守っていると、大本命と言われていた３年生の選手が少しリードし始めた。

「あぁっ、俊介いま２位。がんばれ！　もう少し！」

いつしか解説ではなく、ただの応援になっている。

しかし私がそう叫んだ瞬間、スイッチが入ったかのように俊介のスピードが上がり、あっという間に前を走っていた選手を追いぬいた。

「えっ、すごっ」

稔に伝えなくちゃいけないのに、そんなことしか言えない。

「うわっ、１位だ！」

そして俊介はそのままゴールを駆けぬけた。

「稔、俊介１位だよ！」

６位までになんとか食いこみたいなんてとんでもない。

堂々とした走りで、見事インターハイの切符を手に入れてみせた。

「タイム……えっ、嘘。10秒64」

映された電光掲示板(けいじばん)には信じられないタイムが表示された。

これなら、インターハイでも入賞圏内(けんない)。ぶっちぎりの１位でのインターハイ出場決定だった。

「稔、俊介が……。やった……」

喜びの涙があふれてきて声が続かない。ちゃんと稔に伝

えなくちゃいけないのに。
「インターハイ、決まった。俊介、やったよ」
　ありがとう、俊介。
　稔の手を握りしめうれし涙を流していると、なんと稔が目を開けた。
「稔？　わかる？　里穂だよ。俊介、インターハイ決めたよ」
　おじさんもおばさんもベッドの横に駆けより、「稔！」と口々に叫んでいる。
　すると、彼の目尻からスーッとひと筋の涙がこぼれ落ちた。
「稔、どうしたの？　苦しい？」
　必死に問いかけても彼の視線は動かない。
　だけど次の瞬間、かすかに口が動いているのに気づいた。
「なに？　なに言ってるの？」
　耳を近づけても聞こえない。だから私は、唇の動きをじっと見ていた。
「あ？」
　最初の言葉は『あ』のように見える。そして次は「り」。そして……。
「が」
　そこで彼がなにを言おうとしているのかがわかり、泣きやんだのにまた視界がにじんでくる。
「と」
　私が通訳すると、おじさんもおばさんも目を潤ませている。そして最後は……。

「う」
　稔はそのあと口を閉ざし、ずっと表情をなくしていたはずなのに、ほんの少し微笑む。そして、ゆっくりと目を閉じた。
「稔？　イヤ、いかないで」
　私がそう口にした瞬間、装着されていた心電図がけたたましく鳴り始める。
　止まっちゃう。心臓が……止まってしまう。
「稔、そばにいてよ」
　おじさんがすぐにナースコールをすると医師が駆けつけ、処置を始める。
　しかし心電図は心停止を示し、心臓が再び動きだすことはなかった。
「残念ですが、ご臨終(りんじゅう)です。よくがんばられたと思います。褒めてあげてください」
　嘘、だよね。稔がいってしまったなんて、夢でも見てるんだよね。
「稔！」
　おばさんが泣きくずれるのを、どこか他人事のように見つめていた。
　覚悟しなくてはと思っていたけれど、その一方で稔はずっと生き続けるんだとも思っていた。どうしても信じられない。
「里穂ちゃん」というおじさんの声かけで我に返った私は、稔の手を握る。

「稔、早すぎるよ。置いていかないで……」
　勝手に涙があふれてきて止まらない。最期は笑顔で送り出したかったのに、無理だ。
「手を握ってよ！　また『里穂』って呼んで……」
　稔にしがみついて訴えたけれど、少しも反応しない。
「俊介、終わったらすぐに来るって言ってたじゃない。まだ来てないでしょ？」
　だけど、先生が言った通り、稔はがんばったんだと思う。俊介の活躍を見届けてから旅立ったんだから。
　これほどまで踏んばった稔を責めるなんて、ひどいとわかっている。
　でも、やりきれなくて、戻ってきてほしくて……つい、そんな言葉が口をついて出る。
「稔がいなくなったらどうしたらいいの」
　この１年、彼とずっと一緒に過ごしてきたのに。
　それからひたすら涙を流し続けた。
　まだ、たくさん話したいことがあったのに。一緒に行きたいところもあった。
　また３人で笑いあいたかった。
　お願い、戻ってきて稔。

　それから１時間。俊介が走りこんできた。
「稔？」
　彼は私たちが泣いている様子を見て、すべてを察したようだ。

私の横まで来ると、稔の頬に触れる。
「稔、お前……」
「稔、俊介が走るのをちゃんと見届けたの。インターハイ決めたのをちゃんと……」
　声を振りしぼり伝えると、俊介は唇をかみしめながらうなずいた。
「そっか。まったく……、もう少し待ってたっていいじゃないか」
　俊介はそんなことを言いながら、大粒(おおつぶ)の涙を流し始めた。
「けど、約束守ってくれたんだな。最期まで真面目なヤツだ。カッコよすぎるだろ」
　俊介は涙をぬぐおうともせず、稔に話しかけ続ける。
「里穂のことは俺が引きうけたから。なにも心配しないでゆっくり眠れ」
　俊介の口から聞いたことがないようなおえつがもれる。
　彼がこんなに泣くところを初めて見た。
「俊介くん、里穂ちゃん、ふたりには長い間稔を──」
　私たちに話しかけるおじさんは、言葉が続かない。
　たった16年しか生きられなかった稔の無念を思うと、胸が張りさけそうだ。
「いえ。稔を助けてあげられませんでした。ごめんなさい」
　俊介は深く頭を下げる。
「ちがうよ。俊介くんのせいなんかじゃない」
　きっとそんなことは俊介だってわかっているんだと思う。

最先端の医療技術ですら治せなかった稔の腫瘍を、私たちがどうにかできたわけがない。でも、私も同じような感情を抱いていた。
　どうして助けてあげられなかったんだろう。
　私の寿命(じゅみょう)を分けてあげられたらよかったのに……。
　そんな後悔ばかりが浮かんでくる。
　だって稔は私たちの大切な仲間だったんだもの。できるなら、命を分けあいたかった。
「ふたりには本当に感謝してるんだ。親より先にいくなんて……。バカ息子だけど、ここまで戦った稔を誇(ほこ)りに思ってる」
　おじさんの言葉に何度もうなずく。
　その通り。稔は私たちの誇りだ。
「稔、ありがとう。私、稔と付き合えて、すごく幸せだった。楽しい時間を、ありがとう」
　冷たくなり始めた稔の手を握って精いっぱいの感謝を伝えると、俊介が私の肩を抱きしめた。

最後の伝言

 稔の死は、学校を通じて同級生や陸上部の仲間にも伝えられ、通夜の会場に人だかりができた。
 死に至る病だと伝えられていなかったせいで、ここに来るまで嘘だと思っていたクラスメイトもいたという。
「里穂……。ごめん、私、知らなくて」
 多香美が真っ赤に目を腫らしながら、私のところにやってきた。
「ううん。言わなくてごめん。稔は戻ってくるんだって信じてたの。だから──」
 いくらぬぐっても涙があふれてきて止まらない。
「そんなこといいの。糸井くんの願いだったんでしょ？」
「うん。稔は隠しておきたかったんだと思う。走れなくなった自分を見られたくなかったんだと」
 脳腫瘍を告知されてから、一度だけ学校を見に行ったっけ。
 あのときは、俊介がハードルを並べて見えない稔と一緒に練習していた。
「こんなことって……。里穂、ひとりでがんばったね」
「俊介も一緒に戦ったの」
 俊介がいなければ、稔はここまで踏んばれなかった気がする。そして私も、ずっと泣いて過ごしたかもしれない。
「そうだね。関戸くん、きっと糸井くんのために走ったん

だよね」
「ううん。俊介は稔と一緒に走ったの。稔のためじゃなくて、一緒に。すごく気持ちよかったって」
　あの試合のあと、俊介はそう言っていた。
　きっと稔も全力で駆けぬけたんだ。ちょっと疲れて永遠の眠りについたけど、1位でゴールした高揚感を感じてから旅立ったんだと私は思っている。
「そっか……」
　多香美は涙を流しながらうなずいた。
　通夜が終わり一斉に人がはけていくと、気がゆるんだのか悲しみがこみあげてきて息が苦しくなってきた。
「里穂？　大丈夫？」
「うん」
　おじさんとおばさんの配慮で、今晩ひと晩一緒に過ごさせてもらえることになっているのに、倒れそうだった。
「顔が真っ青」
　懸命に息を吸う私を心配する俊介は、隣に座っている私の顔をのぞきこむ。
「ゆっくり息を吐いて」
「うん」
「ほら、もう一度」
　パニックに陥っている私をなだめる彼は、背中をトントンと叩く。
「里穂ちゃん、つらいなら隣の和室で横になって」
　おじさんが促してくれたので、いったん控室に移動する

ことにした。
　おじさんとおばさんの前でこれ以上取りみだせない。
「里穂。全部吐き出せ。俺がお前のつらい気持ち、全部引きうけてやる」
　私の隣に座った俊介は、優しく抱きしめてくれる。
「……稔に会いたいよ」
「うん」
「もっと話したかったの」
「うん」
「いなくなっちゃうなんて、ずるい」
「……うん」
『うん』しか言わない俊介だけど、いまの私にはそれがありがたかった。
　私のつらくて悲しくて、そしてやりきれない気持ちをわかってくれる人がいる。
　それだけで救われる。
　俊介の胸で泣きじゃくる。こんなに泣いても涙が枯れないんだと知った。
「稔、最期に『ありがとう』って……」
「言ったの？」
　最期に目を開いたことは、おじさんから聞いているはずだ。
「うん。口でそう形を作って……。俊介にも言ったんじゃないかな」
「稔……」

私の背中にまわった手に力がこもる。
　あのときの光景はまだ鮮明に頭に残っている。ううん、生涯忘れない。
「アイツは最期までカッコよくて、強かった」
　俊介がため息交じりに吐き出した言葉には、稔へのリスペクトの気持ちが含まれている。
　稔はあまり弱音を吐くことはなかった。
　毎日のように頭痛や吐き気に襲われて、食事もまともに取れず、どれだけつらかっただろう。身近に死を感じて、どれだけ怖かっただろう。
　想像もできないけれど、最期まで戦いぬいていったんだ。
　私たちには真似できない。
　それから俊介は「少し休め」と膝枕をしてくれた。
　まだ稔に出会う前、公園のベンチでこうしてもらったこともあったな。私が起きちゃいけないからとピクリとも動かず耐えていたら、彼は足がしびれて立てなくなった。
　そんなことをふと思い出す。
　あの頃からずっと俊介は隣にいて、いつも私を見守っていた。
　そして稔が加わり、一層笑顔になれた。私の人生は明るい色であふれていた。
　だけど、これからも色あせたりしない。
　俊介はもちろんいるし……稔もきっとそばにいる。
　俊介は私の髪を優しくなでながら物思いにふけっている。

私と同じように稔との思い出をたどっているにちがいない。

　それから1時間ほどして、おばさんがやってきた。
「俊介くん、里穂ちゃん……。実は稔の部屋から手紙が見つかって」
「手紙？」
　俊介が驚きの声をあげるのも無理はない。稔はここ数カ月は手も思うように動かせず、字なんて書ける状態ではなかったから。
「そう。私も知らなかったんだけど、元気なときに用意していたみたいなの。私たちに宛てたものもあってね。動けなくなることを想定して残したんだと思うとやりきれなくて」
　もうすでに真っ赤なおばさんの目から再び涙があふれだす。
　しかしおばさんは気丈にもそれをハンカチでぬぐい、笑顔を作った。
「あんまり泣いてると稔に笑われるわね。それで、これ」
　おばさんが差し出したのは、白い封筒。そこには、《俊介、里穂へ》と書かれている。私たちふたりに向けたもののようだ。
「ありがとうございます。読ませていただきます」
　俊介が受けとると、おばさんはうなずいて出ていった。
「里穂、読む？」

「うん」
　少し緊張するけど、稔の思いをのぞきたい。
　私は俊介の隣に正座した。

《俊介、里穂へ

　ふたりがこれを読んでいるってことは、俺はもうこの世にいないのかな。
　少しずつ体が動かなくなってきてるから、動くうちに書きのこしておこうと思います。
　今日は12月30日。なんとか年は越せそうだ。

　寒くて外は雪が降りそうだよ。
　里穂、来るかな？という期待と、冷えたらかわいそうだから来なくていいよという気持ちが半々で複雑。けど、来てくれるんだろうな。
「稔、来たよ」って笑顔で言うのがうれしくて、俺はこの瞬間のために今日も一日生きてたんだと思ってる。
　脳腫瘍になる前までは、こんなあたり前のことで感動しなかったんだけど、もったいなかったな。
　俊介、里穂の笑顔は大切にしろよ。

　ふたりに出会ったのは偶然だったよね。
　転校してきて友達もできず、ひとりでふらっと行った公園で、いきなり「よーい、ドン」って言われて。なにがな

んだかわからないうちに走らされてた。
　だけど、『お前速いじゃん！』って俊介にキラキラした目で言われて、俺もその気になった。
　俊介と一緒に陸上の道に入って、練習がつらいことはもちろんあったけど、楽しかったな。
　俺が100メートルからハードルに転向したのは、俊介に勝てないと思ったからなんだ。
　俊介が適当にしか練習しないヤツだったら、追いぬく自信があった。
　でも、お前はいつも真剣で、これは追いつけないと感じた。
　それって、里穂にカッコいいところを見せたかったからだよな。
　まあ俺もハードルで頂点取りたいと思ったのは、里穂にいいところを見せたかったんだからおあいこか。男って単純だ。

　俊介と里穂が両想いだって、出会った頃から気づいてた。
　俊介は俺が里穂とふたりではしゃぐと、あからさまにイヤそうな顔するし、里穂の俊介を見る目は俺に向ける視線とはちがうし。
　好きな子がほかの男に惹かれている姿を目の前で見ているのは正直拷問だったんだぞ。
　だけど、それでも離れたくないと思った。
　もちろん里穂のことは好きだ。でも、俊介のことも好き

だから。
　あっ、変な意味にとるなよ。俊介なら負けても仕方ないかって思うんだ。
　俊介は里穂のことになると目の色を変えるし、里穂のためならどんな努力もできる男だ。敵わないだろ。
　だけど、自分の命の期限を知って、どうしても里穂を手に入れたくなった。里穂を生きる目標にしたかった。
　里穂が断れないとわかっていて俺は告白をした。そして里穂は笑顔で受けいれた。当然だよね。里穂はとびきり優しい子なんだから。俺はそれを利用したんだ。
　自分でもずるいと思う。俊介が取り返せないこともわかっていたからね。
　だけど、少しの間だけ里穂を貸してほしい。そんな気持ちだ。

　里穂はいつも笑顔で話しかけてくれる。
　そのくせ、ときどき泣きそうになってるのは知っている。
　里穂なりに俺を励まそうとしているのが伝わってきて、俺のことを真剣に考えてくれていることがわかって、一緒にいられて本当に幸せだ。
　だけどひとつ後悔したことがある。
　幸せを感じると、死ぬのが怖くなるんだ。
　いま俺は、里穂から離れたくないとおびえている。
　こんなにつらいなら、里穂を手に入れるんじゃなかったと思った。

でも、手に入れられなかったとしても同じか。
　俊介や里穂との別れを考えたら、悲しくないわけがないもんな。
　俊介、ごめん。俺、お前につらい思いをさせてるね。
　だけど、大丈夫。里穂はちゃんとお前を見てる。
　里穂が俺のことを好きになろうと必死になってくれているのが愛おしいよ。
　でも、出会ったときにはもう里穂の心に俊介が入りこんでいたんだから、脳腫瘍に勝つより難しそうだ。

　そして里穂。毎日毎日、俺のためにありがとう。
　マネージャーを辞めたと聞いたときは、なんて罪作りなことをしたんだろうと反省した。だけど、それと同時にうれしさもこみあげてきた。
　俊介には敵わないとわかっていても、どうしても里穂をあきらめられなかった。
　大好きな里穂が俺と付き合い、俺のために動いてくれる。本当に幸せだ。
　病気を知って、死の恐怖に震えているくらいならさっさと死んでしまおうと思ったこともある。でも、里穂が俺に会いに来ると思うだけで、踏んばれる。
　これを書いていると自分のわがままっぷりにあきれる。
　そんな俺と向き合ってくれる里穂には感謝しかない。
　我慢させてごめん。もう少しだけ俺のそばにいてほしい。
　お願いだ。最期は里穂の手を握りながらいきたいんだ。

俺の人生最大のわがままをどうか聞いてください。
　って、これを読む頃には、聞いてもらったあとなんだろうな。

　俊介、里穂。
　これからはふたりで仲よく生きていってほしい。
　俺が決めることじゃないけどさ、たぶんふたりは離れられないよ。一生ね。
　それなのに、間を引きさくようなことをしてごめん。
　勝手なことを言っているのはわかってるけど、俺がいなくなったあと里穂のことを任せられるのは俊介しかいない。
　俊介。
　女子は気持ちを言葉で伝えられないと不安な生き物らしいぞ。入院中暇すぎて、お前の代わりに調べておいてやった。里穂はとくに自信を持てないタイプだから、ビシッと決めろよ。
　里穂。
　男も伝えられるとうれしいもんだぞ。
　俊介はツンツンしながら内心ドキドキしてるはずだから。
　その様子を想像するとおかしくてたまんない。って、俺、悪趣味だな。
　でも、ふたりの気持ちは手に取るようにわかるんだよ。大好きだからだろうね。

さて、盛大な愛の告白をしたところで、そろそろ終わらないと。

　俊介、里穂。
　俺の人生に、たくさんの楽しい思い出をありがとう。

　最後に。俊介、インターハイおめでとう。
　お前は俺たちの誇りだよ。里穂を頼んだからな。

　　　　　　　　　　　　　　　　　　　糸井稔》

　この手紙を泣かずに読むことなんてできるはずもなく、私は号泣していた。
　そして俊介も、腕で目を押さえて男泣きしている。
「12月に書いたって……」
　俊介がもらす。
　もうその頃に死を覚悟し、私たちにこんな手紙を書いていたなんて思いもよらなかった。
　それに、俊介のインターハイ出場も確信していたんだ。
「わがままなんかじゃ……」
　ないのに。
　私は純粋に稔の気持ちを受けとめたいと思った。
　それでも、俊介への気持ちを全部吹っきれていたかと聞かれるとまったく自信がない。稔の闘病中、くじけそうになる私を支えたのはまちがいなく俊介だから。

だけど、稔を恋人として好きになりたいと思った。
そしてこの1年、たしかに彼は私に一番近い人だった。
いまになって、稔がキスをしようとしてやめた理由がわかった。
最初から、私を俊介のもとに返すと決めていたんだ。
両手で顔を覆って泣いていると、俊介がそっと肩を抱く。
「里穂。俺たちはちゃんと前に進もう。稔はそれを望んでる。アイツに恥じない生き方をして、とびきり幸せになるんだ。そうしたら、天国で絶対に笑ってる」
「……うん」
愛がたっぷり込められた稔の手紙は、私たちの宝物になった。

稔との別れから約1カ月。8月初旬の暑い日に、インターハイを迎えた。
俊介は予選を突破して、なんと決勝まで残るという大快挙。あとは決勝で力を発揮するだけだ。
「俊介、がんばって」
私はマネージャーに復帰して、俊介のそばで練習を見てきたけれど、なかなかの仕上がり具合。激しいトレーニングを積んだあとにきちんと休息も入れ、疲労も残ってはいない。
「関戸くん、そろそろ招集」
多香美に声をかけられた俊介は「おぉ」と返事をしている。

「行ってくる」
　彼はそう言いながら私に左手を差し出す。だから私はその手を右手で握り、空いたほうの左手も、ゆっくり握った。稔の、手を。
「よし」
「行ってらっしゃい」
　俊介は笑顔でうなずいてから、離れていった。
「関戸くん、調子いいね」
「うん。いつになく目も鋭いし、気合入ってる」
　陸上部でこの舞台に立てたのは俊介ただひとり。
　狭い関門を突破してフィールドに立つ彼は、自信がみなぎっている。
「糸井くん、見てるかな」
「あそこにいるよ。俊介の隣で走ると思う」
　稔の病気が発覚したとき、走れない稔のためにハードルを並べて練習をともにしていた彼らの絆は、どれだけ距離が離れても途切れることなんてない。
「そっか。どっちが勝つかな？」
「俊介が勝たないとまずいでしょ？　稔はハードルの選手なんだから」
「あはは、それもそうね」
　やっと多香美たちの前で稔の名前を出せるようになった。
　最初は名前を口にすることすらつらかった。
　だけど、稔は思い出じゃない。私たちの心の中に生き続

けている。
　そしていよいよスタートを迎えた。
　決勝はとんでもなくレベルが高いけど、ベストを出せば入賞だって望めるはず。
「がんばれ……」
　胸の前で稔の写真を収めたロケットを握りしめ、念を込める。
　どうか、いままでの努力が報われますように。
　8人で走る決勝で3レーンの俊介は、一度空を見上げてからスターティングブロックに足をかけた。
　予選のときもそうだったけど、きっと稔と心で会話を交わしているにちがいない。
　それからすぐにスタートの合図。
　俊介は鍛えぬかれた足を前に運び始めた。
　たった11秒弱で終わるこの競技に、観客の視線が降りそそぐ。
「おぉぉ」
　どよめきが起こったのは、5レーンの大本命の選手がすぐに抜け出したから。
「俊介……」
　だけどそれに食らいついているのは俊介だ。
　力強く手を振り足を前に運ぶ彼は輝いていた。
「関戸くん！」
　隣の多香美も大興奮して行方を見守る。
　そのまま1位は2歩ぶん抜け出し、次に2位争い。そこ

に俊介も含まれている。
「もう少し！」
　そう声を張りあげた瞬間、6レーンの選手とほぼ同時にゴールした。
「どっち？」
　確実に3位までには入っている。それだけで十分すばらしいけど、どうしても期待して稔の写真を握りしめ電光掲示板を見つめる。
「あっ！」
　すると、私より先に多香美が声をあげた。
「やった……。稔、俊介2位だよ。大幅にベスト更新」
　1位にはぶっちぎられてしまったけれど、去年この大会に出場できなかった選手が2位を獲得するなんて奇跡に近い。
　俊介の努力が実った。
『稔、見てた？　ううん、一緒に走ってた？　俊介、速かったよね』
　心の中で稔に話しかけると、彼の笑顔が頭に浮かぶ。
「俊介！」
　更衣室に戻っていく俊介に向かって大声で叫ぶと、こちらを見て大きく手を振る。
「おめでとう！」
「サンキュ！」
　本当にすごい人。私と稔の自慢の仲間だ。
　表彰台の一番上には届かなかった。だけど、彼はやりきっ

た顔をしている。
　また来年この舞台に彼は戻ってくるだろう。
　稔と、一緒に。

　表彰式まで済んだあとは、応援に駆けつけた数人の部員とは現地解散。
　多香美も最近付き合い始めた３年生の先輩と一緒に帰っていった。
「俊介、おめでとう」
「１位、速かったなぁ。でも、まだまだがんばれよって言われた気がする」
　彼はそう言いながらポケットに手を突っこんで探っている。
　なにを出すのかなと思ったら、さっきもらったばかりの銀メダルだった。
　彼はそれを私にかけた。
「ちょっ、もっと大切にしまっておきなさいよ」
「いいんだよ。来年は金をとるから」
　力強い彼の決意表明に頬がゆるむ。
「それにしても、大事にしなさい！」
　簡単にとれるものじゃないんだから。
　そう言いながら、かけてもらった銀メダルに触れる。
「重い？」
「うん、すごく」
　これには俊介と稔の気持ちがたっぷりとこもっている。

「だよな。俺と稔からのプレゼントだから」
「えっ？」
「お前にこれをかけたくて、稔と切磋琢磨してきたんだ。稔が言ってただろ。『里穂のために走ってた』って。あれ、ホントだから。お前の笑顔が見たくて走ってる」

　私はあんぐりと口を開けたまま固まった。

　たしかに前も『俺がタイムを伸ばすたび、キラキラした顔で喜んでくれるヤツがいる』なんて言っていた。

　あのときは私のことだという確信はなかったけれど、やっぱりそうなんだ。

「なにアホ面してる」
「アホじゃないしっ」
「ま、そんな里穂もかわいいけどさ」

　ん？　いま、なんて言ったの？

　またあぜんとして目を白黒させていると「あぁっ、ちょっと来い」となぜか彼は私の手首をつかんで歩きだす。

「どこ行くの？」
「人のいないとこ」

　どうして？

　なにがなんだかわからないけれど、それきり無言になった俊介のあとを小走りになりながらついていった。

　競技場の入口から遠く離れた場所でようやく足を止めた俊介は、振りむいて私をじっと見つめる。

「俺、里穂のことが好きだ」
「はっ？」

突然すぎて変な声がもれる。
「だから」
　ふーと大きなため息をついた俊介は、熱い視線を私に注ぎ、肩に手を置く。
「里穂のことが、好きだ」
　声のトーンを落とした彼と視線が絡まり、そらせない。
　たちまち鼓動が速くなり、息が苦しい。
「俊介……」
「稔の言う通りだ。俺は一生、お前から離れられない気がしてる」
　あれ、どうしたんだろう。視界がにじんで、俊介の顔がぼやける。
「待て。なんで泣く？　そんなにイヤだったの──」
「ちがう」
　うつむき首を振ると、「なら、どうして？」と優しい声が降ってくる。
「私……」
　稔の手紙にあった"男も伝えられるとうれしいもんだぞ"というフレーズを思い出し、思いきって顔を上げ、口を開く。
「私も、俊介が好き。あっ……」
　その瞬間、彼の腕の中にいた。
「まったく、ハラハラさせんな。失恋かと思った」
「だって……」
　もう二度と俊介と結ばれることはないと思っていたの

に、彼のほうから告白されるなんて夢のようだ。しかも、稔が背中を押してくれたという事実に、胸がいっぱいで泣きそうになったんだ。
「里穂の面倒は俺しかみられないから。ずっと一緒にいてやるよ」
　彼は私を強く抱きしめながら、そんなふうに言う。
「ツンツンしながらドキドキしてるの？」
　稔の手紙を思い出し指摘すると、「あはは」と肩を震わせている。
　そしてゆっくり私から離れた俊介は、すこぶる優しい笑みを浮かべた。
「そうだよ。ツンツンしながら、めちゃくちゃドキドキしてる。悔しいくらい里穂に」
　彼は少し照れたような表情でそうつぶやいたあと、まっすぐな視線を私に向け、頬に手を伸ばす。
「ずっとドキドキしてるよ。里穂、だけに」
　そして、顔を傾けて近づいてきて、唇を重ねた。
「耳、真っ赤」
　すぐに離れたけれど、彼は私の耳もとでささやく。
「ち、ちがう！」
「ちがわない。照れてるんだろ」
　その通りで反論できず口を尖らせていると「そういう顔もかわいいかも」と、俊介らしくない言葉を吐き出し、もう一度私を抱きしめてくる。
「なんか今日、いつもとちがう……」

私が突っこむと、彼はククッと笑ったあと口を開く。
「稔が"女子は気持ちを言葉で伝えられないと不安な生き物"って教えてくれたし。少しは学習したんだよ」
「も、もう！」
　恥ずかしくてたまらないけど、うれしい、かも。
　だけど私たちふたりとも、しっかり稔に導かれてるね。
　そんなことを考えているとおかしくなった。
「稔のぶんも、里穂のことを大切にする。アイツに、俺に任せて正解だったって言わせる」
「俊介……」
「稔を好きな気持ちも忘れなくていい。ずっと胸に秘めておけばいい。そんな里穂を丸ごと俺が引きうける」
　俊介の言葉に目頭が熱くなる。
「ありがとう」
　胸がいっぱいでそれ以上なにも言えない私は、彼のシャツをギュッとつかんだ。
「さて、帰るか。帰りに墓参りに行って、メダル見せびらかそう」
　俊介は私の手をさりげなく握る。だけどその握り方がいつもとはちがい、指と指を絡めての恋人握りだったので、またドキドキし始めた。
「み、見せびらかすって……」
「まあ、一緒に走ってたから、知ってるだろうけどさ」
　俊介がそう言いながら白い歯を見せるので、私はうなずいて手を握り返した。

——稔。私たちはあなたに出会って、生きていることのすばらしさと、平穏(へいおん)な日常のありがたさ、そして全力の努力の美しさを知りました。

　いつか天国で再会できる日まで、精いっぱい生きぬきます。

　だから見守っていてね。私たちの笑顔を。

　天国に旅立った稔へ。
　ありがとう。大好きです。

【ＥＮＤ】

あとがき

　ここまでお付き合いくださり、ありがとうございました。
　稔は残念ながら旅立ちましたが、俊介や里穂を空の上から見守りながら穏やかに暮らしているはずです。ときどき下りてきて、俊介と一緒に走っているかもしれませんけどね。
　もちろん、もっと生きてふたりと一緒に青春を楽しみたかったでしょう。でも、それがどうにもならないと悟ったとき、今を精いっぱい生きることに目標を変え、"生きぬいた"んだと思います。
　俊介も里穂もそれぞれ抱える想いがありながら、大切な親友である稔のために生きると決め、実践しました。その気持ちが稔に届いていたからこそ、稔はあんな手紙を残したような気がします。

　実は私、ずいぶん前に悪性リンパ腫の疑いと診断されたことがあります。ずっと体調が悪く首にしこりもありましたので、緊張しながら病院に行きました。検査の結果そうではなかったことがわかり、今こうして小説を書いているわけですが、検査結果が出るまでの一週間ほどはなにも手につかない感じでした。ただ不思議なことに、死ぬかもしれないという恐怖より、なにをしておこうかと考えていたような。強いんだか、抜けているんだか……。幸いこうし

て生きていられるのですから、人生を目いっぱい楽しみたいと思います。

　ただ……ときどき自分で命を絶つという悲しいお話を耳にします。数年前、我が家の近くの駅のホームで中学生が亡くなられたこともありました。生きていると楽しいことばかりではないし、ズタズタに傷ついてふとそういう気持ちになるのはよくわかります。でも、自分がいなくなったときに悲しむ人がいることを思い出してください。悲しんでくれる人なんていないと思っている方にも、絶対にいますから。苦しい時期はなかなか気づけないけど、絶対にいるんですよ。

　そして、自分のことを否定し続ける人からは迷わず離れください。そんな人のために命を手放す必要はありません。

　自分を信じてくれる人のために生きて。そして死ぬくらいなら、つらいことから全力で逃げて。どうか稔のように生きぬいてください。私からのお願いです。

　最後になりましたが、いつも迷走しまくる私の道しるべになってくださいます担当の相川さま。編集を手伝ってくださいました八角さま。スターツ出版の皆さま。そしてこの作品をお手に取ってくださいました皆さまにお礼申しあげます。ありがとうございました。

2018年8月　朝比奈希夜（あさひなきよ）

この物語はフィクションです。
実在の人物、団体等とは一切関係がありません。

♥
朝比奈希夜先生への
ファンレターのあて先

〒104-0031
東京都中央区京橋1-3-1
八重洲口大栄ビル7F

スターツ出版(株)書籍編集部 気付
朝比奈希夜先生

この想いが届かなくても、
君だけを好きでいさせて。

2018年8月25日　初版第1刷発行

著　者	朝比奈希夜
	©Kiyo Asahina 2018
発行人	松島滋
デザイン	カバー　齋藤知恵子
	フォーマット　黒門ビリー&フラミンゴスタジオ
ＤＴＰ	久保田祐子
編　集	相川有希子
	八角明香
発行所	スターツ出版株式会社
	〒104-0031 東京都中央区京橋1-3-1　八重洲口大栄ビル7F
	ＴＥＬ 販売部03-6202-0386（ご注文等に関するお問い合わせ）
	https://starts-pub.jp/
印刷所	共同印刷株式会社

Printed in Japan

乱丁・落丁などの不良品はお取替えいたします。上記販売部までお問い合わせください。
本書を無断で複写することは、著作権法により禁じられています。
定価はカバーに記載されています。

ISBN 978-4-8137-0513-0　C0193

ケータイ小説文庫　2018年8月発売

『甘すぎてずるいキミの溺愛。』みゅーな**・著

高2の千潮は、旧校舎で偶然会ったイケメン・尊くんに一目惚れ。実は同じクラスだった彼は普段イジワルばかりしてくるのに、ふたりきりの時だけ甘々に！　抱きしめてきたりキスしてきたり、毎日ドキドキ。「千潮は僕のもの」と独占してくるけれど、尊くんには忘れられない人がいるようで…？
ISBN978-4-8137-0511-6
定価：本体580円+税

ピンクレーベル

『幼なじみのフキゲンなかくしごと』柊乃・著

高2のあさひは大企業の御曹司でイケメンの瑞季と幼なじみ。昔は仲がよかったのに、高校入学を境に接点をもつことを禁止されてる。そんな関係が2年続いたある日、突然瑞季から話しかけられたあさひは久しぶりに優しくしてくれる瑞季にドキドキするけど、彼は何かを隠しているようで……？
ISBN978-4-8137-0512-3
定価：本体580円+税

ピンクレーベル

『金魚すくい』浪速ゆう・著

なんとなく形だけ付き合っていた高2の柚子と雄馬のもとに、10年前に失踪した幼なじみの優が戻ってきた。その日を境に3人の関係が動き始め、それぞれが心に抱える"傷"や"闇"が次から次へと明らかになるのだった…。悩み苦しみながらも成長していく高校生の姿を描いた青春ラブストーリー。
ISBN978-4-8137-0514-7
定価：本体580円+税

ブルーレーベル

『この想いが届かなくても、君だけを好きでいさせて。』朝比奈希夜・著

女子に人気の幼なじみ・俊介に片想い中の里穂。想いを伝えようと思っていた矢先、もうひとりの幼なじみの稔が病に倒れてしまう。里穂は余命を告げられた稔に「一緒にいてほしい」と告白された。恋心と大切な幼なじみとの絆の間で揺れ動く里穂が選んだのは…。悲しい運命に号泣の物語。
ISBN978-4-8137-0513-0
定価：本体560円+税

ブルーレーベル

ケータイ小説文庫　2018年9月発売

『新装版 子持ちな総長様に恋をしました。』Hoku*・著

人を信じられず、誰にも心を開かない孤独な美少女・冷夏は高校1年生。ある晩、予期せぬ出来事で、幼い子供を連れた見知らぬイケメンと出会う。のちに、彼こそが同じ高校の2年生にして、全国No.1暴走族「龍皇」の総長・秋と知る冷夏。そして冷夏は「龍皇」の姫として迎え入れられるのだが…。
ISBN978-4-8137-0541-3
予価：本体500円+税

ピンクレーベル

『可愛いつよがり。』綺世ゆいの・著

バスケ部の練習試合で負けた高1の六花は、男子バスケ部のイケメン・佐久間との"期間限定恋人ごっこ"を罰ゲームとして命じられてしまう。犬猿の仲だった佐久間に恋人繋ぎやお姫様抱っこをされてドキドキが止まらない六花だけど、どうせからかわれているだけだと思うと素直になれなくて…。
ISBN978-4-8137-0530-7
予価：本体500円+税

ピンクレーベル

『君と恋して、幸せでした。』善生菜由佳・著

中2の可菜子は幼なじみの透矢に片想いをしている。小5の時、恋心を自覚してからずっと。可菜子は透矢にいつか想いを伝えたいと願っていたが、人気者の三坂に告白される。それがきっかけで透矢との距離が縮まり、ふたりは付き合うことに。絆を深めるふたりだったけど、透矢が事故に遭い…？
ISBN978-4-8137-0532-1
予価：本体500円+税

ブルーレーベル

『新装版 イジメ返し～復讐の連鎖・はじまり～』なぁな・著

女子高に通う楓子は些細なことが原因で、クラスの派手なグループからひどいイジメを受けている。暴力と精神的な苦しみにより、絶望的な気持ちで毎日を送る楓子。ある日、小学校の時の同級生・カンナが転校してきて"イジメ返し"を提案する。楓子は彼女と一緒に復讐を始めるが……？
ISBN978-4-8137-0536-9
予価：本体500円+税

ブラックレーベル

書店店頭にご希望の本がない場合は、
書店にてご注文いただけます。

ケータイ小説文庫 累計500冊突破記念!

『一生に一度の恋』
小説コンテスト開催中!

賞

最優秀賞 <1作>
スターツ出版より書籍化
商品券3万円分プレゼント

優秀賞 <2作>
商品券1万円分プレゼント

参加賞 <抽選で10名様>
図書カード500円分

最優秀賞作品はスターツ出版より書籍化!! ぜひチャレンジしてね♪

テーマ

『一生に一度の恋』

主人公たちを襲う悲劇や、障害の数々…
切なくも心に響く純愛作品を自由に書いてください。
主人公は10代の女性としてください。

スケジュール

7月25日(水)➡ エントリー開始
10月31日(水)➡ エントリー、完結締め切り
11月下旬 ➡ 結果発表

※スケジュールは変更になる可能性があります

詳細はこちらをチェック→
https://www.no-ichigo.jp/
article/ichikoi-contest